TAKE
SHOBO

王妃の大罪
それでも王は禁忌を犯した母子を愛す

明七

Illustration
yuiNa

MOON DROPS

王妃の大罪 それでも王は禁忌を犯した母子を愛す

Contents

イラスト／yuiNa

王妃の大罪

それでも王は禁忌を犯した母子を愛す

MOON DROPS

序章　王妃の大罪

いつも乳母の陰に隠れてモジモジと俯《うつむ》くカティアを、誰もが『内気な王女様』だと認識していた。

けれど実際のカティアは、知りたいことも話したいことも沢山ある好奇心旺盛な子供だった。色々な人と話したい。異国の話や珍しい話を聞きたい。

そんな彼女の欲求とは裏腹に、小さな口は初めて会う相手を前にすると上手く動いてくれなくなるし、大勢の人に囲まれれば心臓は今にも爆ぜそうになる。

結果として、カティアはいつも乳母の後ろに隠れるしかなかった。

（どうして私はこんなにダメなんだろう）

上手く話せないということへの苦手意識から、カティアは徐々に人前に出ることを好まなくなり、本を相手に部屋で過ごすことが多くなっていった。

そんなカティアとエドライド王国の王太子ロルフィーとの婚約が決まったのは、カティアが十歳の時だ。

大海に接するエドライドは大きな港湾を有し、交易で得た莫大《ばくだい》な資産を持つ大国だった。

「それがどうして我が国のような小国と……それに、この内気な子があんな大国の王妃になるだなんて」

母は酷く心配したが、暢気《のんき》な父は上機嫌でカティアを膝にのせた。

「心配いらないさ。エドライド国王のどうしてもとの強いご希望だから、きっと大切にしてもらえるだろう。ほら、これがお前の夫になるお方だよ」

そう言って見せられたのは、小さな額縁にはいった絵姿だった。

黒い髪に、紫の目の男の子。年はカティアと同じなのだという。

「綺麗《きれい》な目ね」

カティアは彼の目に釘付《くぎづ》けになった。

花とも、宝石とも例えられない、綺麗な紫の目。

良く見せようと描く絵姿だから、こんなに綺麗なのだろうか。

「エドライド王家直系の血を引く者は、皆この美しい紫の目をしているんだそうだ」

「皆？」

「そう。例外なく」

不思議だろう？　と父は笑った。

しばらくして、カティアの元にその紫の目の婚約者から手紙が届く。

――はじめまして。僕の名前はロルフィーです。貴女と婚約できて光栄です。貴女が嫁いで来られる日を心から待っています。

同い年の少年が書いたとは思えない、不自然に丁寧で形式ばった手紙。

きっと周囲の大人に促されて書いたのだろう。

「お返事をお書き。カティア」

父王に促されて、カティアも羽ペンをとった。

——はじめまして。カティアといいます。丁寧なお手紙をありがとうございました。私も貴方に嫁ぐ日を指折り心待ちにしています。

読み書きの教師に何度も添削されて書いた文面は、ロルフィーから届いた手紙に負けず劣らず堅苦しかった。

きっとすぐに途絶えるだろうと思われたこの手紙のやりとりは、意外なことにその後二人が結婚するまで頻繁に続くことになる。

当初、互いに挨拶と数行の近況報告を書くのが限界だった二人の手紙は、やがて便箋の裏面にまでぎっしりと書きこまれるようになり、それに伴い堅苦しかった文面も徐々に砕けて柔らかいものに変化していった。

——野菜が苦手。食べられなくて乳母に叱られる。

そんな手紙が届いた時には、しょんぼりと肩を落とす少年の姿が目に浮かび、カティアはクスリと笑ってしまった。

——行儀作法の先生に怒られたの。

と、カティアが打ち明ければ……。

──その先生に雷が落ちればいいのに。

過激な答えが返ってきて、度肝を抜かれたものだ。

──私のお気に入りの本を贈るわ。読んでみて。

──すごく面白かった。主人公が決闘するシーンが好きだな。

──この間もらった手紙、何も書いてなかったわ。

──炙《あぶ》り出しって知ってる？　父上に教えてもらったんだ。蠟燭《ろうそく》の火にかざしてみて。

──昨日の夜、流れ星を見たの。

──いつか一緒に見たいね。

日常のささいな出来事の報告。

家族には言えない悩みの相談。

まるで生まれた頃から一緒にいる幼馴染《おさななじみ》のように、ロルフィーになら何でも話すことが出来る。

カティアがロルフィーに恋心を抱くようになったのは、当然の成り行きと言えたかもしれない。

そして十六歳の誕生日を迎え、いざ結婚となった時。

カティアは不安を抱かずにはいられなかった。

(こんなふうに恋をしているのは、私の方だけに違いないわ)

手の中の絵姿を見つめ、カティアは大きく溜息《ためいき》をついた。

絵姿には、十六歳に成長したロルフィーの姿が描かれている。

真っ直ぐ通った鼻筋に、下唇に比べて少し厚めの上唇。

艶やかな黒髪はやや長くて目にかかっていたが襟足は短く、頬のあたりには幼い頃の名残がまだ見て取れる。

整った容姿もさることながら馬術が得意で、噂《うわさ》によれば気の荒い馬を乗りこなし人の背の高さほどの垣根でも軽々と飛びこえてみせるという。手紙にも、幾度となく愛馬についての記述があった。

彼が馬に乗って颯爽《さっそう》と走る姿を想像するだけで胸が高鳴ると同時に、不安が色濃くたちこめる。

(こんなに素敵な人なんだもの)

周囲の女性が、彼を放っておくはずがない。

カティアなど、王女という身分を剝がせば俯くことしかできないただの小娘だ。

いつだったか本で読んだ、哀れな姫君の話を思い出す。その姫君は正妃として迎えられながらも、愛妾《あいしょう》に夢中な夫からは見向きもされず薄幸の人生を送ったそうだ。

カティアにしてみれば他人事ではない。

「カティア姫。国境でございます」

御者にそう促されて、カティアは馬車の中で身を震わせた。

両国の騎士達が整列し、剣を捧《ささ》げ持っているのが窓から見える。

これから母国の馬車を降り、嫁ぎ先であるエドライド王国の馬車に乗り換えるのだ。

（怖くない……怖くない）

自分にそう呪文をかけるが、なかなか決心が定まらなかった。

座席から立ち上がれない。

コンコン、と馬車の扉が叩《たた》かれたのはその時だ。

顔を上げたカティアは、仰天した。

「え……⁉」

馬車の外にいた男性は、その手に握り締める絵姿に描かれた婚約者そのものだったのだ。

彼は金糸で刺繍《ししゅう》された藍色の長衣に、白い外套《がいとう》を身に着けていた。

その明るい紫の瞳に、カティアは釘付けになる。

紫水晶に例えるには赤味が強く、紫陽花に例えるには鮮やか過ぎる。

エドライド王家に受け継がれる、至高の紫眼。

「ロ、ロルフィー⁉」

驚きのあまり、カティアは声を上げてしまった。

絵姿で見るよりもずっと美しい瞳と、立派な婚約者の姿に、今にも卒倒しそうだ。

ロルフィーは王都でカティアの到着を待っているはずではなかったのか。予定では、彼と対面するのは明後日の午後のはずだ。

ロルフィーは笑いながら馬車の扉を開けた。

「待ちきれなくて迎えに来た！」

その、あまりに眩《まぶ》しい笑顔。

驚きと感動で口をパクパクさせるカティアを、ロルフィーは馬車から引っ張り下ろすと、衆人の目も気にせず力いっぱい抱きしめた。

「ようやく会えた!!」

それが嬉《うれ》しいやら恥ずかしいやら。

カティアは顔を真っ赤にさせて、泣き出してしまったのだ。


二人の婚礼は多くの民衆に祝福され、それは盛大なものだった。

その二年後。

父王の急死によりロルフィーは即位。これにともないカティアも王妃となる。

若い君主のもとでもエドライド王国の盤石な国力は揺らぐことなく、それはやがてカティアが産むだろう後継者へとつつがなく引き継がれることだろうと誰しもが思っていた。

しかし、更にその二年後――……。


赤ん坊の、か弱い泣き声がこだましている。

ロルフィーとカティアが結婚して四年。重臣達は今か今かと、王子の誕生を待ち望んでいた。なかなか懐妊しない王妃に業を煮やし、ロルフィーに側室をとるように勧めた者も一人や二人ではない。

頑なにその進言を聞こうとしなかったロルフィーと、エドライド王家の血統を重んじる重臣達の間では言い争いもしばしばだった。けれど、ようやくカティアが懐妊し、誰もが胸を撫《な》で下ろしていた。これでエドライドも安泰だ、と。

そして十月十日《とつきとおか》の後。王子の誕生を待ち望む人々の期待の中、カティアは一人の赤ん坊を産み落とした。

初めてのお産に一昼夜苦しみ抜いたカティアは、今は寝台に座り込んでいる。

その隣に並べられた小さな寝台では、生まれたばかりの赤ん坊が泣き続けていた。

小さな体を震わせ、顔が赤くなるほど激しく泣く赤ん坊を、母親であるカティアは抱き上げようとはしない。ただぼんやり眺めるだけだ。

その眼差しは赤ん坊を慈しむものには到底見えない。

非情で、冷酷にすら見える。

泣き喚く赤ん坊を前に、ロルフィーは呆然《ぼうぜん》と立ち尽くす。

大きく見開いた紫の目と強張った表情。誰が見ても我が子の誕生を喜んでいるようには見えないだろうが、ロルフィーにはそれらを取り繕うことがどうしても出来なかった。

「陛下」

呼びかけられたロルフィーはビクリと肩を揺らし、そしてゆっくり振り向いた。

壁際には宰相ウィルダーンをはじめとする国の重鎮達が並んでいる。赤ん坊の誕生を祝うために集められたはずの彼らは、けれど皆沈痛な面持ちだ。

「ウィルダーン……」

掠《かす》れた声で呟《つぶや》く。いつから彼らがそこにいたのか、まったく分からなかった。

「侍女から知らせをうけてまいりました」

ウィルダーンの声は、孫を諭すように優しげだ。実際、ウィルダーンはロルフィーの母方の祖父にあたる。

病《やまい》がちだった父王と若くして経験も少ないままに即位したロルフィーの元で国事をとりしきるウィルダーンは、エドライドの事実上の最高権力者として国内外に認知されていた。けれどロルフィーとウィルダーンの間に実権をめぐる軋轢《あつれき》があることもまた、周知の事実だ。

「……出て行け」

実の祖父を、ロルフィーは睨《にら》みつける。

「出て行け！　ウィルダーン！」

思わず上げた大声に、それまで泣いていた赤ん坊が驚いたのか泣き止んだ。

可愛らしい赤ん坊だ。

金色の巻毛に、空のように真っ青な瞳。

けれどその子を『可愛い』と褒める者は一人もいない。

「ああ、本当に青い目だ」

「何と言うことだ」

赤ん坊を覗《のぞ》き込み、まるで醜い物でも見たかのように顔を歪《ゆが》ませる重臣達を、ロルフィーは無我夢中で突き飛ばした。

「——離れろ!!」

野獣のように怒鳴る。

「目の色が何だと言うんだ!!　カティアが産んだ俺の子だ!!　何の問題がある!?」

妻と赤ん坊を背後に庇《かば》って喚くロルフィーに、ウィルダーンがあやすような声音で歩み寄る。

「陛下。どうか落ち着いて下さい。君主たる者、常に堂々としておらねば」

「黙れ黙れ黙れ!!　さっさと出て行け!!」

完全に、ロルフィーは平常心を失っていた。

今にも暴れ出しかねないその様子に、ウィルダーンは数歩離れた場所で足を止める。

「陛下。よくお聞きください。畏れ多くも我が国が主君と仰ぐ王族の方々は、高貴な紫の瞳をお持ちでいらっしゃいます」

海を抱く大国エドライド。

その君主たるエドライド王家の血を引く者が例外なく紫の目を持つことは、大陸の者なら身分の上下関係なく誰でも知っている。

「ですが、王妃様がお産みになられたその赤ん坊は……。つまり王妃様は……」

「黙れ!!　ウィルダーン!!」

暗然としたウィルダーンの言葉を、ロルフィーは怒声で捻じ伏せた。

「ものには例外があるものだ！　赤ん坊が紫の目ではないからと言って、カティアを愚弄することは許さん!!」

巣に迫る大蛇から卵と卵を温める番《つがい》を守ろうとする鳥のように、ロルフィーは必死だった。

けれど運命という名の大蛇は容赦なく忍び寄り、不気味なほど赤い舌をチロリと見せつける。

「出て行け!!　ここは王妃の寝室だ!!　不敬罪で処罰されたいか!?」

「陛下。王妃様にご確認ください。その赤ん坊は一体誰の子なのか」

「何たることだ。我がエドライド王家でこんなことが起きるなんて」

「前代未聞です。早急に厳正な処分を」

ウィルダーンを援護するように、重臣達が声を上げる。

収拾がつかない混乱に、一度は泣き止んだ赤ん坊がまたけたたましく泣き始めた。

「……ロルフィー」

それまで黙っていたカティアが発した短い一声は、騒々しい室内を一瞬にして静謐《せいひつ》の場へと変貌させた。

赤ん坊の頼りない泣き声だけが、空気を震わせる。

ロルフィーは息を呑み、最愛の妻を振り返る。

寝台に座り込むカティアの肩から、太い三つ編みに束ねられた長い亜麻色の髪が滑り落ちる。

初産で疲れ果てたカティアの顔は血の気の一切が失われて、透けるように白かった。

「カティア。ダメだ。無理しては……」

妻を気遣い寝かせようとロルフィーが伸ばしたその手は、カティアに押し返される。

「……カティア？」

「ごめんなさい」

カティアが、ロルフィーを見た。

美しい琥珀《こはく》色の瞳。木漏れ日の下で金色に輝く彼女の瞳を、ロルフィーはいつだって眩しい思いで見つめてきた。

けれど今、その瞳に光はない。

どんよりと濁ったその瞳には、何の感情も宿っていないように見えた。

それを見たロルフィーは、よろめきながら一歩後ずさる。

そうして、首を横に振る。

「言うな。何も言うな。カティア」

得体の知れない何かが忍び寄ってくるような恐怖に、身が竦《すく》む。

聞きたくなかった。

それを聞いてしまったら、何もかもが終ってしまう気がした。

「ロルフィー」

「どうしても何か言いたいのなら……この子が俺の子だと言ってくれ！」

今も泣き続ける赤ん坊のその声が、まるで自分のものであるかのように感じられた。

「そうしたら、信じる。他の誰が何と言おうと、お前の言うことだけを信じる。俺を裏切ってなどいないと……そうはっきり言ってくれ!!」

ロルフィーの悲痛な叫びにも、カティアの表情は変わらない。

年齢のわりに幼げであったその顔立ちは、出産を経たせいか急に大人びて、老成しているかのように見える。

「本当に、ごめんなさい」

カティアの声は、驚くほど抑揚のない、静かなものだった。

「やめろ……やめろ!!　カティア!!」

聞きたくない、とロルフィーは耳を塞ぎ、懇願する。

「やめてくれ!!」

けれど、冷酷にもカティアは告げた。

「この子の父親は、あなたじゃないわ」

その瞬間、ロルフィーの足元は脆《もろ》くも崩れ落ちた。奈落の底に突き落とされ、呻《うめ》くことすら出来ない。

けれど実際のロルフィーは、驚くべき速さで控えていた護衛騎士に飛びかかっていた。

そして彼の腰から剣を抜き、それをカティアに向けて大きく振り上げる。

どす黒い狂気だけが、ロルフィーの手に力を与えていた。

「陛下!!　陛下お待ちください!!」

「どうか落ち着いて下さい!!」

血を恐れた重臣達が、腰を抜かして慌てふためく。

カティアは逃げようとしない。

それはまるで開き直っているかのような、不遜な態度に見えた。

「仕方がなかったの。他に方法がなかったの」

ロルフィーを見上げ、カティアは言う。小首を傾げて。

夜着からは僅かに白い肩が覗き、そこへ後れ毛がかかる。

肌は透けるように白いのに、唇だけは血を塗ったように赤かった。

あまりにも妖艶な美しさに、壁際に控えていた騎士達がゴクリと唾を飲み込む。

「私を殺すの？　私を愛しているのに」

どこかあどけない表情は、まるで自分が犯した罪の重さなどわからないかのように見えた。

「私を、愛しているでしょう？　ロルフィー」

赤い唇で紡ぐ言葉は、まるで毒だ。

耳から注がれる毒のせいで、ロルフィーは動けなかった。

重い剣をかまえたまま、ピクリとも出来ない。

「――悪女」

誰かがそう囁《ささや》く。確かに、カティアの様相はそう呼ばれるに相応しいものだった。

己が犯した罪を棚に上げ、夫の愛を試そうとしている。

（愛して、いたのに）

ロルフィーの頬を、つ……と涙が流れた。

（誰よりも、何よりも、愛していたのに）

けれど、裏切られた。

音もなく降る雨のように、涙は顎から床へと滴り落ちる。

「あ……あ、ああ、ああああああーーーーっっ‼」

慟哭《どうこく》と共に、ロルフィーは剣を振り下ろす。

重臣達が悲鳴を上げ、赤ん坊の泣き声が一層大きく響き渡った。

＊　＊　＊

高い位置にある窓から差した光が、薄暗い礼拝堂に跪《ひざまず》き熱心に祈りを捧げる一人の修道女を照らし出す。

美しい修道女だった。

伏し目がちの榛《はしばみ》色の瞳と、頬に影をつくる長い睫《まつ》毛《げ》。白い肌にはそばかす一つなく、薄い唇はまるで紅をはいたように赤く色づいている。

顔立ちだけを見れば幼げでまだ十代の娘のようだったが、その洗練された佇《たたず》まいからは彼女の高い教養と老成したかのような落ち着きが見て取れた。

耳の下で切り揃《そろ》えた亜麻色の髪を隠すかのようにベールで頭を覆い、灰色の一続きの着衣には何の飾り気もない。

細く白い指は、日々の暮らしと労働の為に荒れ、あちこちにあかぎれがあった。

唇を震わせるようにして、彼女は祈りを捧げる。

「私はどうなろうとかまいません。ですからどうか……」

胸の前で重ねて握り締めた手に、彼女は力を込める。

「どうか……っ」

一心に祈る姿は、痛々しくさえあった。

長いことそうやって祈っていた彼女は、やがて床に額《ぬか》づき、立ち上がる。

他には誰もいない礼拝堂に、靴音が響いた。

扉を開けると、強い潮風がベールを揺らした。

この修道院は、海に囲まれた小さな島にある。

干潮時には干潟を歩いて対岸と行き来することは出来るが、油断すると至る所にある流砂にはまり、身動きできないでいるうちに潮が満ちて溺死してしまう。この湾の潮は干満時の差が激しく、急激に満ちることで有名なのだ。

また、広い干潟には晴れた日でも濃霧が立ち込める。霧にまかれて道を見失い、沖合にまで迷い込んだ末に満ちた潮で溺死する者が後を絶たない。

そんな特異な立地条件もあり、この修道院は建国当時から修道院としてのみならず、罪を犯した貴人の流刑地としての役割も担っている。

「母さま！」

礼拝堂を後にし、石柱が並ぶ回廊を歩いていた彼女に、小さな女の子が駆け寄った。

空のような青い目が印象的な、金髪の可愛い女の子だ。

身に着けているのは質素な衣服だったが、丸い頬が愛らしく健康で丈夫そうな子供だった。

「お祈りおわった？」

「ええ」

「じゃあ、アニとお花つもう？」

「そうね。花束をつくりましょうか」

二人は手を繋《つな》ぎ、連れ立って庭に降りる。

幼子は、母親を見上げて不思議そうに尋ねた。

「母さま、いつも一生懸命何をお祈りしてるの？　神様にお願いしてるの？」

「大切な人をお守りくださいって、神様にお願いしてるのよ」

「大切な人って、アニのこと？」

青い目が、キラキラと輝く。

その様子に噴き出すように微笑み、母親は膝を折って幼子を抱きしめた。

「勿論《もちろん》、あなたは私の命より大切よ。アニ。でも神様にお願いしたのは別の人のこと」

「ええ？　アニじゃないの？」

不服そうな娘の髪を、若い母親は愛しげに撫でる。

「あなたのことはいつだって抱きしめてあげられるけれど、その人にはしてあげられないから……だから神様にお願いするしかないの」

「そっか……」

少ししょんぼりとした様子で、アニは頷《うなず》く。

「母さまに抱っこしてもらえないの、可哀想だね」

仕方ないか、という可愛らしい言い様に、母親は相好を崩す。

そんな二人の姿を、離れた場所から眺める者達がいた。

修道院で紡いだ糸や織った布地を買い付けにやってきた商人と、その従者だ。

若い従者は、遠目に若い修道女を眺めて口笛を吹いた。

「尼さんにしとくのはもったいない美人だ。それにしても、子持ちの尼さんなんているもんなんですねぇ」

「変なちょっかいかけるなよ。痛い目見ても知らねえぞ」

老齢の商人はそう言うと、買い付けた布地を馬車の荷台に乗せた。

従者は慌てて自らも荷物を担ぐ。

「旦那、あの尼さんのこと知ってるんですか？」

「聖女みたいな顔をしているが、あいつは修道女様じゃない。とんでもない悪女さ」

拳で腰を叩きながら、商人は修道女の方を憎々しげに見やった。

「何てったって国王陛下を裏切って、他の男の子供を産んだんだからな」

「え⁉　じゃあ……」

「そうさ。あの女はな、姦通《かんつう》罪で王宮を追放された王妃カティアさ」

第一章　修道院の生活

修道院の朝は早い。

日が昇る前に目を覚ましたカティアは、手をついて硬い寝台の上に起き上がった。

目に入ったのは豪華な天蓋でも調度品でもなく、一脚の古びた椅子と小さな机だけ。

狭い部屋に窓は一つしかない。窓辺に置かれた端が欠けた花瓶には、一輪の野の花が活けられている。それだけが、殺風景な部屋をかすかに明るくしてくれていた。

窓から差し込む光はまだ薄い。夜が明けきっていないのだ。

「……母さま」

舌ったらずな声に呼ばれ、カティアは視線を上げた。

同じ寝台に寝ていたアニが、目をこすりながら身じろいでいる。

少し寝乱れた明るい金髪を、カティアは優しく撫《な》でてやる。

「まだ寝ていていいのよ」

「んん。おきう」

怒ったように口を尖《とが》らせると、アニは両腕をカティアに向かって大きく広げる。起こして、という可愛らしい無言の命令に、カティアは微笑んで従った。

抱き起こした小さな体は、ずっしりと重い。

抱っこが大好きな甘えん坊は、今年四歳になった。

大欠伸をする可愛らしい顔を見ると、自然と頬が緩む。

「さぁ、支度をしなくてはね」

アニを寝台に座らせ、カティアは立ち上がった。

寝間着兼用の白い下衣の上に、くたびれた灰色の長衣を着込み、それから昨夜のうちに用意しておいた水差しを手に取って、手桶《ておけ》に水を注ぐ。

「じっとしてね」

カティアが濡《ぬ》らした布で顔を拭ってやると、アニは眉を寄せた。

「つめたい」

「少しだけ我慢よ。汚れた顔では神様にご挨拶できませんからね」

「アニかわいい？」

「ええ、可愛くなりましたよ」

頷《うなず》いてやると、それだけでアニは満面の笑顔になった。

カティアが髪を編んでやっている間も、ご機嫌でお気に入りの人形に話しかけている。

「じっとしてねー」

どうやらカティアを真似て、人形の顔を拭いてやっているらしい。

アニがそうして遊んでいる隙に、カティアは自らも顔を洗った。

髪は編まない。その必要がないのだ。かつては腰まで波打っていたカティアの亜麻色の髪は、今では耳の下までの長さしかないのだから。

長い髪は男性を誘惑するとされており、姦通罪《かんつう》を犯した女性は罰として髪を短く切られ、終生伸ばすことを許されない。

アニが生まれた日。

ロルフィーが振り下ろした剣は、カティアの長い髪を断ち切った。

カティアはその日のうちに王妃の称号を剝奪され、アニと共にこの海に囲まれた修道院に幽閉された。

それから丸四年たつ。

白いベールをかぶることで短い髪を隠し、ピンでとめる。それで朝の身支度はおしまいだ。

ドレスを着るにも侍女《ひと》の手を借りていた頃を思えば、あっけないくらいに簡単だった。

次いでカティアはアニを着替えさせようとする。

途端に、それまで大人しかったアニが血相を変えた。

「母さまはあっち向いて！　目瞑《つぶ》って！　おきがえ一人でできる！」

「はいはい」

「見ちゃだめ!!」

「わかりました」

カティアは苦笑しながら体を反転させて、目を瞑る。

この頃のアニは着替えは一人で出来ると言い張って、カティアに手伝わせようとしないし見られることも嫌がる。

こんな小さな子供でも自尊心があるのかと思うと微笑ましい。

そうかと思えば水浴びを嫌がって逃げ回る年相応の子供の反応も見せてくれる。

アニを見ていると、本当に一日が早かった。

「いいよー」

目を開けて振り返ると、アニは寝台の上で誇らしげに胸を張っていた。

「おきがえできた！」

両脇で結ぶ前掛けの紐《ひも》が縦結びになってはいるが、それはご愛嬌《あいきょう》。カティアは手を叩《たた》いて娘を褒め称えた。

「本当ね、とっても上手」

実際この年齢でここまで自分で身支度が出来るのなら大したものだ。そう思うのは、親馬鹿が過ぎるだろうか。

「さぁ、神様にご挨拶に行きましょうね」

「はぁい！」

元気な返事に相好を崩し、手を繋《つな》ぐ。

扉を開けて部屋から出たところで、黒い修道服を身に纏《まと》い白いベールを着けた女性と出くわした。

その女性の顔を見るなり、カティアの身体は緊張で強張った。

「お、おはようございます。ローサ様」

努めて静かに礼儀正しく、カティアは膝を曲げて頭を下げる。

ローサは、カティアとアニが暮らすこの歴史ある修道院の院長を務める女性だ。年の頃は六十代手前といったところか。

いつも鉄の仮面をつけたかのように表情を崩さず近寄りがたさを感じさせる人で、実を言えば、カティアはこのローサが苦手だった。厳しかった行儀作法の教師が思い出されて、彼女を目にしただけで身が竦《すく》んでしまう。

とは言え、この修道院で生活していく以上彼女を避けては通れない。

アニを振り返り、微笑みかける
「さあ、アニもローサ様にご挨拶なさい」

いつもならカティアを真似て同じように挨拶をするアニが、何故かさっとカティアの陰に身を隠した。

「アニ？　どうしたの？」

「……」

促すようにして腕を引いたが、アニは頑なにカティアの陰から出てこない。

「アニ？」

「挨拶も出来ないなんて、まったく嘆かわしいこと」

ローサは冷たい眼差しでアニを見据えた。

それからその冷たい目を、今度はカティアに向ける。

「子供の躾《しつけ》くらいしたらどうなのです？」

「申し訳ありません……」

「親が親なら子も子だわ。ああ、嫌だ嫌だ……」

彼女はブツブツ言いながら、背を向けて行ってしまった。

項垂れるアニを、カティアは堪らない思いで見下ろす。

（こんな小さな子供に……）

あんな厳しい言葉を投げつけなくてもいいだろうに。

けれどローサがそうするのも当然なのかもしれない。

神に仕え清貧な人生を歩んできたローサにとって、王妃という神聖な地位にありながら夫を裏切り姦通罪という恥ずべき罪を犯したカティアは、欲にまみれた汚らわしい獣に見えるのだろう。

そしてカティアの娘であるアニのことも、彼女はカティアと同じように憎々しく思っているようだった。

「アニ……」

「ごめんなさい……アニのせいで、母さまも怒られちゃった……」

悲しげに謝るアニを、カティアは跪《ひざまず》いて優しく抱きしめた。

「母さまの方こそ……ごめんね」

この子は何も悪くない。

必要以上に厳しくされるのも、冷たくされるのも、カティアの娘だというただそれだけの理由のせいだ。

アニは不思議そうだった。

「どうして母さまがあやまるの？」

「それは……」

言葉を繋げられない。

今は幼く何も理解できないこの子も、いつか自分の境遇を理解し、自らの母親が犯したとされる罪の重さを知る日が来るのだ。

彼女はどうするだろう。

それでも今と変わらずにカティアを慕ってくれるだろうか。

それともその身を呪ってカティアを罵倒するだろうか。

その時を思うと、カティアは胸が引き裂かれそうだった。

この純真な瞳にまで軽蔑の眼差しを向けられたらと思うと、恐ろしくてしかたない。

「……っ」

鳩尾《みぞおち》のあたりが針で刺されたように痛んだ。いつもの胃痛だ。

カティアは静かに深呼吸することで、痛みで強張った神経を和らげた。

そして、優しく微笑む。

「もう少しアニが大きくなったら、ちゃんと話すわね」

「話？　どんなお話？」

首を傾げるアニの髪を、優しく撫でる。

「母様は、何があってもアニが大好きってお話」

「アニも母さま大好き！」

抱きついてきたアニを、もう一度優しく抱きしめた。

至らない母親だが、せめてアニの前では笑顔でいなければ。そう自らを律して、カティアは立ち上がる。

機嫌を直したアニと手を繋いで辿《たど》りついた礼拝堂では、黒衣をまとった修道女達が次々と集まって来ていた。

「おはようございます」

「おはようございます」

修道女達に近づき、カティアも笑顔で挨拶する。

「おはようございます」

だが彼女達はカティアを素通りし、祭壇に飾られた花を直すローサの元に歩み寄る。

「ローサ様。おはようございます」

「おはよう」

にこやかに挨拶を交わす彼女達を見て、アニが頬を膨らませる。

「母さまもおはようって言ったのに……」

「私達があんたの母親に意地悪してるっていうのかい？」

いつのまにか後ろにいた修道女が、アニを鋭い目で見下ろした。

カティアは慌ててアニを自らの背後に庇《かば》い、言い繕う。

「すみません。娘にはよく言って聞かせますので……」

「そうしておくれ。意地悪をされる方にも問題があるってね」

その修道女は鼻息も荒く、カティアの肩にぶつかってきた。

修道女の身体が大柄だったこともあり、細身のカティアは衝撃に耐えられず石の床に倒れ込む。

「母さま！」

「……大丈夫」

泣きそうな顔でとりすがるアニに、カティアは微笑んだ。

「大丈夫よ」

クスクスと暗い嘲笑が聞こえる。

「少しくらい痛い目を見ればいいのさ」

「あんな女が王妃だったなんて」

「聖女みたいな顔で国王陛下を騙《だま》した悪女のくせに」

彼女達の瞳に宿る侮蔑は、どす黒いほどに陰湿だった。

清貧と善行を貴び、人々から尊敬される修道女。だが実際に、神に仕えることを目的として修道院を訪れる者は多くない。

結婚前の行儀見習いとして数年を過ごす貴族令嬢。夫に先立たれ他に頼る者もいない未亡人。一度は結婚したものの様々な理由で離縁し、実家に帰ろうにも帰れない者。

実に多くの女達が多様な理由で修道院に身を寄せているのだ。

そんな彼女達が慎ましやかな黒い修道服に身を包んでいても、他者を羨み妬み時に見下す人間の本性がそうそう変わるわけではない。

だが、これでも随分とマシになったのだ。この修道院にやって来た当初、カティアは物置に閉じ込められたこともあったたし、スープを頭からかけられたこともあった。夜泣きが酷かったアニを必死に寝かしつけようとしている時に、『うるさい』と罵倒されて雪が降る庭に追い出されたこともある。

それを思えば、突き飛ばされるくらい何でもない。

（このくらい、耐えられないほどのことじゃないわ）

あの日の胸の痛みに比べたら……。

「カティア⁉　大丈夫⁉」

肩に温かな手の温もりを感じ、カティアは振り仰いだ。

「ミランダ……」

「どうしたの⁉　突き飛ばされたの⁉」

ミランダはカティアを助け起こすと、あたりにいた修道女達を睨《にら》みつけた。

「神様の前でこんなことして恥ずかしくないの⁉」

赤毛に青い目のミランダは、四年前、カティアに遅れること数日この修道院にやって来た。

聞けば子供の頃に両親を流行病でなくし、親戚からは召使いのような扱いを受けて育ったそうだ。その扱いに耐えきれずそれならばいっそ修道女になろうと、親戚の家を飛び出してきたらしい。

ローサは当初ミランダを修道院に置くことにいい顔をしなかった。ミランダの身元を証明するものが何一つなかったからだ。けれど『どうしてもここで暮らしたいんです！』と懇願するミランダの熱意に根負けする形で彼女を受け入れることにした。今、ミランダは修道女になる為の修練を積んでいる。

ミランダは、産後間もないこともあって体調が優れない日が続いていた当時のカティアに代わり、赤ん坊だったアニの世話をしてくれた。物置に閉じ込められたカティアを助けてくれたのも、雪が降る庭に追い出されたところを炊事場の裏から中へ招き入れてくれたのもミランダだ。

それだけではない。煮炊きも、糸の紡ぎ方も、井戸での水のくみ方まで、何も知らないカティアにミランダは全てを一から教えてくれた。

お喋《しゃべ》りが好きで一度話し出したら止まらず、よく指導役の修道女に叱られているが、明るく快活なミランダはカティアとアニにとっての救いだった。

「ちょっと⁉　誰がカティアを突き飛ばしたの⁉　謝りなさいよ‼」

激しい剣幕で怒鳴るミランダに、修道女達は顔を伏せてたじろいだ。

「わざと突き飛ばしたわけじゃ……」

「わざとじゃなきゃ謝らなくていいわけ⁉」

「静かになさい。シスター・ミランダ」

それまで知らんぷりしていたローサが、こちらを向いた。

「朝のお祈りを始めましょう」

「でも‼　ローサ様‼」

納得いかないといきり立つミランダの袖を、カティアは引いた。

「いいの。ミランダ」

「カティア。でも……」

「ありがとう。でも、いいの」

カティアは微笑み、ゆっくりと首を振る。カティアを庇うせいで、ミランダの立場が悪くなるようなことがあってはならない。

ミランダはしぶしぶと口を噤《つぐ》んだ。

「……分かったよ」

「ミランダ！」

アニが、ミランダの足に飛びつく。

「アニ！」

アニと視線の高さを合わせて、ミランダは膝をついた。彼女が着ていた修道服が、フワリと床に広がる。

「おはよう！　ミランダ！」

「おはよう、アニ！　今日もいい子だね」

「えへへ」

ミランダに頭を撫でられて、アニは嬉《うれ》しそうに頬を紅潮させる。

その顔を見て、カティアはようやく心から微笑むことが出来た。

ガラン、と鐘楼の鐘が鳴る。

その重く厳かな音を合図に、ローサをはじめとしてミランダ達修道女が祭壇の前に揃《そろ》って跪き、胸の前で手を組んだ。

その後ろで、カティアとアニも跪く。

高い天井を、仰ぎ見た。

石造りの礼拝堂には、人々の目を楽しませる色硝子の窓も、近頃流行《はやり》の風琴《オルガン》もない。

けれどそこには荘厳な空気が満ちていて、訪れる人の心を厳粛にさせる力をもっていた。

（神様）

カティアは目を閉じた。そして、一心に祈る。

（どうか……私の大切な彼らをお守りください）

王宮を追放されて以来、カティアはこんなふうに修道女達に交じって祈りと労働の日々を過ごしてきた。

朝の礼拝の後は院内を掃除して洗濯をし、夜の礼拝まで糸を紡いで機を織り、刺繍《ししゅう》を刺す。

織った布を買い付けに来る商人や遠方からの巡礼者を迎えることもあるが、原則として院内に部外者は入ることが出来ない。食事は一日に二回。私語と娯楽は禁止。

つらくなかったと言えば、嘘《うそ》になる。

王女として生まれ、王太子妃、次いで王妃として人々にかしずかれ、何不自由なく生きてきた身には、修道院の清貧な生活は随分とこたえたものだ。

それに加えて、ローサや修道女達からの冷たい仕打ち。

『悪女』『恥知らず』と罵られ虐げられ、夜ごと涙が溢《あふ》れた。

逃げ出したいと思ったこともある。実際、そうすることは可能だろう。幽閉とは言え、カティアは修道院のあるこの島の中なら自由に出歩くことが許されていたし、見張りがいるわけでもなかったからだ。

けれど逃げ出したところで、カティアには帰る先がない。

母国の両親からは、時折カティアの身体を案じる手紙が届くが、それだけだ。大国エドライドの手前、彼らの立場を考えればそうせざるを得ないのだろう。

国内にも親しくしていた人はいるが、その誰もがカティアが王宮から追放される際も同情すらしてくれなかった。結局は、彼らが親しくしていたのはカティアの持つ王妃という身分だったのだろう。

やがてカティアは、こう思うようになった。自分は王妃としては弱すぎたのだと。

立派な王妃として振る舞わなければと必要以上に気負い、後継ぎを望む周囲からの期待にかつてのカティアは押し潰されていた。

こんな弱い人間に、王妃の座につく資格などなかったのだ。

分不相応な地位に胡坐《あぐら》をかいていたから、神はお怒りになりカティアからその地位を取り上げたのだろう。

そう考えると、我ながら妙に納得してしまった。情けないことだ。

けれど夕方、太陽が海に沈んで満ちた潮が修道院を取り囲むと、どうしようもない焦燥に襲われることもある。

失ったものばかりが思い出されて、涙がこみ上げてくるのだ。

他に何か方法があったのではないか。

(私が、もっと強ければ)

自分の弱さが恨めしくて、そして悲しかった。

黒い波に、いっそこの身を預けてしまおうかと思ったこともある。

だが、そんな時には決まってアニがカティアを引き留めてくれた。

「母さま、お腹すいた」

無邪気にそう言うアニを見ていると、心が凪《な》いだ。

「そうね……そろそろ食堂に行きましょうか」

「うん！」

繋いだ小さな手の、何と温かいこと。

自分の身体が、そして心が、荒い潮風で冷え切っていたことを気付かされる。

この四年。アニの温もりに、カティアは生かされてきた。

アニにお乳を——食事を与え、着替えをさせて、添い寝して眠る。

それは何にも代えがたい幸せだった。

王妃としては弱すぎた。せめて母親としては強くありたい。

そうは思うものの、果たして昔の自分と何が変わったかと問われたとしてもカティアには答えることが出来ない。

結局今も、カティアは弱いままなのだ。ローサにも他の修道女達にも、言い返すことすら出来ない。

空を見上げる。

そこには、欠けた月が物言わず輝いていた。

夕食と眠る前の祈りをすませた後、カティアは寝台に腰かけてアニにお伽話《とぎばなし》を話してやった。

「そして悪い魔法使いをやっつけた星雪姫は、お父様とお母様とお城に戻り幸せにくらしました」

めでたしめでたし、とお伽話を締めくくる。

『星雪姫』はカティアの母国に古くから伝わる話だ。星のように美しい瞳と雪のように白い髪をもつお姫様が悪い魔女から無理難題を押し付けられるのだが、それを知恵と勇気で切り抜けて最後には囚われていた両親を助け出し、大団円のめでたしめでたしとなる王道の昔話である。

アニはこのお話が大のお気に入りで、カティアはこれまでにも何度も何度も話して聞かせてやっていた。

じっと聞き入っていたアニが、カティアを見上げて首を傾げる。

「どうしてアニにはお父さまがいないの？」

燭台《しょくだい》が揺れ、壁に映し出されたカティアとアニの影も揺れる。

一瞬強張った頬を誤魔化す為に、カティアは無理に深く微笑んだ。

「アニには母様がいるでしょう？」

「星雪姫にもそばかす姫にもお父さまとお母さまがいるのに、アニはどうして母さまだけなの？」

返す言葉に困った。

強張りを隠す為に頰に浮かべた微笑みが、剝がれるように落ちていく。

「それは……」

いつか、訊《き》かれるだろうとは思っていた。

その時の為に、答えを用意しておかねばと思っていた。

けれど考えれば考えるほど、どう説明すればいいのか分からない。

どう話したところでアニを傷つけてしまいそうで、いつしか答えを考えることすら先延ばしにしていた。

「アニのお父様は……」

無垢《むく》な青い瞳を、真っ直ぐに見ることが出来ない。

「う……海の向こうにいらっしゃるわ」

苦し紛れに、カティアはそう口にした。

アニの父親が海の向こうにいるというのは噓ではない。——噓ではないが、アニが子供だからと侮った答えであることは自覚していた。それが心苦しくて、アニと目をあわせることができなかった。

アニは、カティアの言葉にきょとんとした様子だ。

「お父さま、海の向こう?」

「ええ」

「ふぅん」

納得したのかしていないのか、アニは唸《うな》るように頷く。

この隙に、カティアはアニを早々に寝かしつけることにした。

「さぁ、もう寝ましょうね」

アニを寝台に横たえ、上掛けをかけてやる。そうすると、アニは言われなくとも自ら目を閉じた。その瞼《まぶた》に優しいキスを贈る。

「おやすみなさい、アニ」

「おやすみなさい、母さま」

アニが赤ん坊の頃は寝かしつけひとつに酷く苦労したものだが、最近ではすんなりと寝てくれるので助かっている。昼間庭を走り回っているので、体が疲れているのだろう。

「お父さま……」

小さくそう呟《つぶや》いて、アニは眠りについた。

すぐに聞こえてきた寝息が可愛らしい。

カティアは寝台が軋《きし》まないようにアニの隣に横たわると、自らもそっと目を閉じた。

「そう言えば、海岸の近くの村に物盗りがでたんですって」

糸を紡ぎながら、ミランダがそんなことを口にした。

羊毛の塊をほぐしていたカティアは、手を止めて顔を上げる。

「物盗り？」

「ボロ布で顔を隠した二人組だって」

ミランダは両手で自らを抱きしめる素振りをした。

「怖いねえ。ここは警備兵もいないし、大丈夫かなぁ」

余程財政が潤っている大きな修道院ならともかく、基本的に自給自足の生活を送る地方の修道院は警備兵など雇う余裕はない。

修道院を襲う罰当たりな人間がそうそういるとも思えないが、信仰心を持たない者からすれば修道院は恰好《かっこう》の餌場なのかもしれない。

「そうね。ちょっと怖いわね……」

怖がるミランダに相槌《あいづち》を打ち、カティアは糸車の踏み台を踏み込んだ。

カラカラと規則的な拍子を刻みながら、糸車は糸を紡いでいく。

足で絶えず踏み台を踏みながら手で羊毛をよるという一連の作業はなかなかに難しい。

子供の頃から親や姉妹がそうしているのを身近で見て、自然と動きを身に着けていた修道女達と違い、カティアは随分とその技術の習得に苦労したものだ。

修道院に来た時はとにかく何もわからなくて、こんなこともできないのかとローサによく嫌味を言われた。

叱られるのが怖くて必死に糸を紡ぐうちにいつの間にか上達して、今ではそこそこな糸を紡げるようになっている。

糸を紡ぎながら、カティアは何気なく中庭の様子を見た。

「……アニ？」

そこで遊んでいたはずのアニの姿が見えない。

カティアは立ち上がり、回廊に出て中庭を見渡した。

そう広くはない中庭のどこにも、アニの姿は見えない。

「アニ？」

大きな声で呼んでみたが、返事はなかった。

遅れて出てきたミランダが、カティアの隣に立ってあたりを窺《うかが》う。

「いないの？」

「そうみたい……ちょっと探してくるわね」

カティアは作業室を離れ、回廊を奥に進んだ。

洗濯室に、図書室。食堂。

寝起きしている部屋も覗《のぞ》いてみたが、アニはいない。

「アニを見ませんでしたか？」

別の作業室で機を織っていた修道女達にも訊いてみる。

修道女達はカティアの姿を見るなり、汚いものを見つけたように目を眇《すが》めた。

「見てないよ」

「そうですか……。ありがとうございます」

素っ気ない返事に礼を言ってから部屋を後にしたカティアは、来た道を戻ってまた中庭を見渡した。

潮風が、草木を撫でて通り過ぎていく。

「どこに行ったのかしら……」

修道院の中なら危険なことは滅多にないとは思うが、もっと注意して見ているようにしなければ。

少し前まではカティアの傍から離れようとしなかったのに、近頃のアニはちょっと目を離すとすぐにどこかへ行ってしまう。

成長した、ということなのだろうか。

見るもの聞くもの触れるもの。アニは全てを貪欲に吸収し、身体も好奇心もどんどん大きくなっていく。

彼女はきっとすぐに気付くだろう。ここが外界から切り離された世界なのだということを。

『どうしてアニにはお父さまがいないの？』

そんなことを言い出したのも、彼女が世の中の仕組みを理解し始めた証なのだろう。

ふと、カティアは足を止めた。

「まさか……」

体の芯が冷たくなるような感覚がして、カティアは着衣をたくし上げて走り出した。

「あ、カティア。アニはいた？」

「ミランダ！」

気にして見に来てくれたらしいミランダに、カティアは取りすがる。

「あの子、海に行ったのかもしれないわ！」

「え⁉」

ミランダの顔色が、サッと変わった。

「そういえば、朝あの子海を気にしてた。水がなくなるのはいつかって……」

「何て答えたの？」

「お日様が頭の上に昇る頃だって」

カティアは空を見上げる。

雨は降っていなかったが、晴天とは言い難い天気だ。

太陽は遙《はる》か彼方の雲の向こう側でボンヤリと浮いていて、昼間に見える月のようにも見えた。

「海を見てくるわ！」

「私、もう一回修道院の中探してくる！」

「お願い！」

カティアはミランダと別れて、急いで裏庭に走った。そこには裏門があり、急斜面に沿って海岸に降りる階段がある。

大人と一緒でなければ海に行ってはいけないとアニには言い含めてはあるが、四歳の子供の好奇心は大人との約束など簡単に後回しにしてしまう。

「アニ⁉」

息を切らせて裏庭に駆け込んだ。

アニの姿はない。けれど、作物を荒らす獣対策として畑をぐるりと囲む柵に取り付けられた扉の閂《かんぬき》が、抜けて地面に転がっていた。

その脇に、子供の小さな靴跡が残っている。

「やっぱり！」

アニはこの扉を通って、海に降りたに違いない。

干潮だからと、安心は出来なかった。つい先日、どこかの村の子羊が干潟に迷い込んだという話を聞いた。流砂に足をとられた子羊は焦ってもがき、助ける間もなくそのまま砂泥の中に引きずりこまれてしまったのだ。

流砂は暴れれば暴れるほどに、深みにはまってしまう。大人なら腰のあたりまで埋まるだけで済むが、それが小さな動物や背丈が低い子供であれば致命的だ。

た。

（ああ！　どうしよう!!）

とにかく追いかけなければと、カティアは柵の扉を開け、海岸へと続く階段を駆け下りた。

天気が良い日には見渡すほどに広い干潟には、風にのって沖から流れてきた海霧が居座っていて、十歩先すら白く霞《かす》んでいる。

その霧の中へと、子供の足跡が点々と続いている。

「アニ……！」

足跡を頼りに、カティアは踏み出した。

何歩か歩いたところで、片足がズブリと沈む。力任せに足を引き抜き、更に先に進んだ。

たくし上げた着衣の裾が泥で汚れ、重みが増す。

「アニーー!!」

叫びは、霧の中に吸い込まれていく。

霧が濃くなっている気がした。アニの姿はまだ見えない。

焦っているせいか足場が悪いせいか、幾らも進んでいないのに息が切れた。そもそも体力に自信はない。

だからと言って、引き返すわけにはいかなかった。

（アニ……！　アニ……!!）

こんな重い砂泥に、大切なアニを奪われるわけにはいかない。

必死に進む先の霧の中に、ふと影が見えた気がした。

けれどそれは、探し求めていた幼子のものにしては随分と大きい。

（牛？）

またどこかの村の家畜が迷い込んだのだろうか。

だが馬具が擦れる音がして、その影が人を乗せた馬だということにカティアは気が付いた。

（修道院に出入りする商人かしら？）

商品を運ぶために、商人は馬に車を曳《ひ》かせてやって来る。

だが、今日は商人が来る予定はないはずだ。

（巡礼者？）

そうだとしたら、霧が晴れるのを対岸で待つはずだ。この干潟がいかに危険か、この国で知らない者はいないのだから。

（まさか……）

ミランダが言っていた物盗りという可能性もある。

足元から恐怖が這《は》い上がってきた。

「だ、誰？」

震えを押し殺し、呼びかける。

すると霧の中で、馬はピタリと歩みを止めた。

「母さま?」

舌ったらずな声が聞こえてきて、カティアは胸を撫で下ろす。

「アニ!」

カティアは駆け出した。

だがすぐにまた立ち止まる。

白い霧の中。アニが乗っていたのは大きな黒い馬だった。

その馬を見て、カティアは大きく目を見開いた。

「……ウラヌス?」

黒馬は返事をするように、鼻を鳴らす。

その黒馬の背にのっていたのは、男性だった。

銀糸で縁取った立派な黒い外套《がいとう》を頭からすっぽりかぶっていて、顔は見えない。

それでも、カティアはそれが誰なのかすぐにわかった。――四年も、会っていなかったのに。

数歩先の馬上で、彼はゆっくりと顔を上げた。

紫の瞳があらわれる。

思ったとおり、それはカティアのかつての夫。国王ロルフィーだった。

第二章　裏返った愛情

「一応確認するが、俺と結婚するのが嫌で泣いたわけじゃないよな？」

婚礼は盛大にとりおこなわれ、カティアとロルフィーは多くの人に祝福されて夫婦になった。

そして、初めて迎える夜。

侍女や侍従が部屋から出て行き二人きりになると、ロルフィーは難しい顔でそんなことを言い出した。彼が言っているのは、国境で顔を会わせるやカティアが泣き出したことである。

カティアは頰を赤らめて否定した。

「ち、違うわ」

「よかった！」

途端に、ロルフィーは笑顔になる。

大人びた精悍《せいかん》な顔立ちをしてはいたが、まだどこかあどけなさを感じる笑顔だった。

じわりと、胸に熱いものが広がる。

彼の絵姿を見ては声や表情を想像していたけれど、本物は想像とは全く違った。

想像よりずっと豊かな彼の表情にカティアの目は釘付《くぎづ》けになり、そして予想外に低い声に胸が高鳴って仕方ない。

今まで恋だと思っていた感情は、何て幼く可愛らしい感情だったのだろう。

絵姿ではない実際のロルフィーを前にして、その想いはカティアを焼き焦がすほどに熱く強くなっていた。

「でも、じゃあ何で泣いたんだ?」

不思議そうな彼に、カティアは消え入りそうな小さな声で答えた。

「それは……は、恥ずかしくて」

昔から、人前で話すのは苦手だった。

饒舌《じょうぜつ》なのは紙の上でだけ。ペンを持たないカティアは、ただの口下手で内気な娘に過ぎない。

しかも、今は恋焦がれてきた相手と至近距離で向かい合って二人きり。

内気な性格に緊張が上乗せされて、カティアはカチコチに固まっていた。

ロルフィーは不思議顔だ。

「恥ずかしい?」

「その……たくさんの人が……見ていたし」

まさか衆人の前で抱き締められるとは思ってもいなかったのだ。

熱い頬を隠すように、カティアは両手で覆う。

「それに、心臓の音があなたに聞こえちゃうんじゃないかって……」

髪と同じ亜麻色の睫毛《まつげ》が、カティアの目元に影を差す。

恥じらうカティアを前にロルフィーは真顔で黙り込み、ややあって腰から上体を曲げるようにして深く俯《うつむ》いた。

「想像と全然違う……」

「え？」

顔を上げたロルフィーは、少し困ったように笑っていた。

「想像してたんだ。君はどんなふうに笑うのか。どんなふうに話すのか」

カティアがロルフィーの人となりを想像していたように、彼も同じことをしていたようだ。

（じゃあ、想像と違うって……）

普段言葉に出来ない思いや考えを、カティアは手紙に書き連ねていた。手紙だけ見れば、きっと誰もがカティアを社交的で活発な女性だと思うだろう。

ロルフィーも、きっとそう思っていたのだ。

だが、実際のカティアはこれだ。

自信がなく、人前に出るのが苦手で、話すときは声が小さくなってしまう。

思い描いていたカティアと実際のカティアの差異に、ロルフィーはがっかりしてしまったのかもしれない。

　青ざめるカティアを見て、ロルフィーが肩を揺らして笑った。

「『がっかりさせた』と思っているなら、はずれだ」

「はず……れ？」

　首を傾げたカティアの髪を、ロルフィーが指先で一束すくう。

　そして彼はその髪に口づけた。

「想像していたより、ずっといい」

　深みのある低い声。

　その声に耳を舐《な》められたような錯覚に陥り、カティアは両手で耳を押さえた。

　そんなカティアに、ロルフィーは笑みを深める。

「可愛い」

「……そ、そんなこと」

「可愛いよ。この国で……いや大陸で一番可愛い」

「いくら何でも、それは言い過ぎよ」

「そうだな。ちょっと言い過ぎた」

　あっさり引き下がったロルフィーに、カティアは口を尖《とが》らせた。

「ちょっと⁉」

　この反応に、ロルフィーは声を上げて笑い出す。

「あははは‼」

「どうして笑うの⁉」

「そりゃあ、だって……っあはは‼」

寝台に突っ伏し肩を震わせて笑っている夫を見ているうちに、カティアも自分が怒っているのがおかしくなった。

「もう！　意地悪ね！　……フフ」

「はは！」

「あはは！」

二人で、声を上げてひとしきり笑う。

そうするうちに、カティアの肩から無駄な力が抜けていく。

緊張のせいで引っ込んでいた本来のカティアが、ようやく顔を覗《のぞ》かせたのだ。

これを見てロルフィーは安堵《あんど》したように口元を緩ませたのだが、カティアは気付いていない。

「……覚悟していたより大変そうだ」

ロルフィーが、深く息を吐く。

目尻に滲《にじ》んだ涙を指で拭いながら、カティアは尋ねた。

「大変て、何が？」

「我慢するのが」

「……我慢？」

何を、とカティアは問うことが出来なかった。

彼が纏《まと》う空気が変わったように見えたからだ。

ロルフィーの紫の双眸《そうぼう》が、まっすぐにカティアを見つめている。

真剣な表情は彼の精悍な顔立ちを引き立てて、カティアの心臓はまたドクリと高鳴った。

「好きだ」

聞き間違えようがないほど単純で、いっそ愚直な言葉だった。

怖いほど落ち着いた声音は、紙に落ちるインクのように耳にジワリと沁《し》みていく。

「初めて会ったのに……声を聞くのも初めてなのに、でも好きだ。手紙をやりとりしてるうちにどうしようもないくらいカティアに恋してた。おかしいと思うか？」

困ったように笑うロルフィーに、カティアは首を振る。

（だって私も）

手紙を介して、ロルフィーに恋をした。

手紙の中のロルフィーは底抜けに明るくて無鉄砲で、そして繊細な少年だった。多分、本人はそれを隠したくて、わざとおどけているのかもしれない。

彼が密かに抱えている寂しさや悩みを、理解して包み込んであげられたら。そう思ったのが、カティアの恋の始まりだった気がする。

「で、でも私……」

気弱なカティアが、また頭をもたげた。

「本当の私はこんなに……手紙の中の私とは全然違って」

「違わない」

きっぱりと言い切るロルフィーに、カティアは目を丸くした。

「え？」

「手紙はカティアの本質だろう？　活動的で好奇心旺盛。自分が何をやるべきか知っていて、勇気がある」

随分と過大評価されていると、カティアは及び腰になった。

「だから、それは……」

そうなりたいと思ってはいる。けれど、現実にはそうではない。

「カティアが思っているより、俺はカティアのことを知ってる」

何もかも分かっている、という目でロルフィーは言った。

もはや、カティアには何も言うことがない。

過大評価ではないのだとしたら――見透かされているということだ。

こうありたいと思う自分と、そうはなれない自分との狭間でもがくカティアを。

それなのに、そんなカティアがいいだなんて言う彼の気が知れない。

「好きだって、ずっと言いたかった。でも手紙に書くんじゃなくて直接顔を見て言おうって決めてたんだ。でも実際顔を見たら言うより先に抱きしめてて……カティアが泣いて焦ったよ。そんなに嫌だったのかって」

「違うわ！　さっきも言ったけど、私嫌だなんて……！」

亜麻色の髪を揺らして、カティアは懸命に首を振る。

「うん。そう聞いて安心した」

笑って、ロルフィーは頷《うなず》いた。

その笑顔に、自分でも驚くほどに胸が熱くなる。感情が熱を持つだなんて、彼に出会わなかったら知らずに生きていたかもしれない。

「カティア」

ロルフィーの手に、手を包まれた。

彼の手は大きくて、そして温かい。

「嫌とまではいかなくても、カティアの気持ちが追いついていないんだったら、俺は待つ」

「……え？」

カティアは大きく目を見開き、そして瞬いた。

（待つって……）

どういうことだ。

戸惑うカティアから逃げるように目を逸らして、ロルフィーは少し頬を赤らめる。

「だから、その……婚礼が長くて疲れているだろうし、俺も、その……初めてで上手くできるか……勿論《もちろん》努力するけれど、だから」

何だが悪戯の言い訳をする子供のようだ。

急にしどろもどろになった彼の言葉を繋《つな》ぎ合わせ、カティアはようやく彼が何を言わんとしているのかを察した。

「つまり、先延ばしにしてもいいってこと？　その……」

〝閨事《ねやごと》を〟と口に出すのは躊躇《ためら》われて言葉を濁す。

けれど、ロルフィーには通じたらしい。

「む、無理強いはしたくない」

彼の声は、微かに震えていた。夫婦の宣誓をするときには、むしろ頼もしいほどに堂々としていたのに。

「……」

カティアは何も言えず俯いた。

ロルフィーから緊張が伝わってくる。

彼にとっても、これは初めての夜なのだ。

ドクドクと、心臓が大きく跳ねる。

何と言えばいいのか分からない――いや、言うべきことは分かっている。

(私も、あなたが好き)

始まりは国同士が決めた政略的な縁談だった。でもカティアは、ロルフィーの妻になることを望んでこの国に来た。

それを伝えたいのに、舌がどうしても上手く動かない。

困り果てたカティアの様子を察し、ロルフィーは場を取り繕うように明るく言った。

「焦らなくていい。今夜は手を繋いで眠るだけにしよう」

カティアが嫌がっていると、彼はそう解釈したようだ。

違う――と声が出ない。

そうじゃない。ロルフィーに抱かれることが怖いわけじゃない。

いいや、本心を言えば怖い。不安だ。

(でも!)

好きな人に望まれて、嬉《うれ》しくないわけがない。

(今、伝えなきゃ)

カティアは勇気を振り絞った。

身を乗り出し、ロルフィーに口づけたのだ。

けれど勢いが付きすぎて、歯が彼の歯に当たってしまった。

慌ててカティアは謝る。

「ご、ごめんなさい！　い、痛かった？」

「い、いや……そんなこと……ない」

真っ赤な顔をして、ロルフィーはブンブンと首を振る。

「……」

「……」

二人して、黙り込んだ。

繋いだ手は汗ばんでいる。

キスは、初めてではない。

祭壇の前で多くの人々に見守られながら、二人は誓いの口づけを交わしていた。

その時も緊張した。恥ずかしかったし、そして嬉しかった。

でもそれとは比べものにならないほど激しい感情の波に、今カティアは――そしておそらくロルフィーも――襲われている。

その大波に溺れながら、カティアは消え入りそうな声で言った。

「わ、私も……あなたが好き」

ロルフィーが息を呑むのがわかった。

カティアの手を握る彼の手に、力がこもる。

「好き。だ、だから」

声が掠《かす》れた。

喉が渇く。

一度深く呼吸して、カティアはロルフィーを見つめ返した。

「我慢、しないで」

言ったその瞬間に、逃げ出したくなった。

恥ずかしくて堪らなかったのだ。

でもカティアは必死にその場に留まった。今逃げれば、ロルフィーはやっぱりカティアが無理をしていると思うかもしれない。そんな誤解は嫌だった。

ロルフィーはじっとカティアを見て、目を離さない。

燭台《しょくだい》の灯が、ジジッと揺れる。

彼の唇が、微かに動いた。

「本当に？」

「本当、よ」

「……キスしても？」

暗闇に落ちた呟《つぶや》きに、カティアはぎこちなくも深く頷く。

「……いいわ」

「……」

ゆっくりと、ロルフィーの顔が近づいてくる。

その近すぎる距離感に、カティアは固く目を閉じた。

唇に感じたのは、まるで花弁のように柔らかな感触だった。

「……じゃあ」

一度、唇を離し、ロルフィーが低く囁《ささや》く。

「我慢しない」

結婚した当初、ロルフィーの背はカティアより既にずっと大きかったが、彼は少し細身で、その笑顔にはまだ少年らしいあどけなさがあった。

短い結婚生活の間も、それは変わらなかった気がする。彼はいつまでも純粋な少年のようだった。

だが今、目の前にいる彼はどう見ても少年には見えない。

体つきも逞《たくま》しい成人男性のそれへと変化し、頬からは丸みが削げ、眼差しは鋭敏で近寄りがたさを感じさせる。

黒く長い外套《がいとう》を羽織った姿は、まるで真夜中の海に映し出される美しくも冷たい月影のような風情だった。

(どうしてロルフィーがここに……)

カティアは驚愕《きょうがく》のあまり気が遠くなりそうだった。

王宮から追放されて以来、ロルフィーと顔をあわせるのは初めてのことだ。

もう二度と会うことはないと、そう思っていた。

ロルフィーは何も言わず、ただ、カティアを見下ろしている。

冷たい瞳はかつての妻を責め、そして軽蔑しているように見えた。

そんな目で見ないで、と叫びだしたい。

自分がしたことを棚に上げた身勝手な言い分だ。それは分かってはいたが、ロルフィーのその眼差しはカティアにとっては鋭利な刃物に等しかった。

ピュイ、と口笛が響く。

「稀代《きたい》の悪女って言うからどんな妖艶な美女かと期待していたんですが、意外や意外。まるで清らかな聖女様だ」

ロルフィーの後方に付き従うようにして馬に乗っていた男は、騎士団の制服を着ていた。

ロルフィーの護衛騎士なのだろうが、見たことがない顔だ。

軽薄そうな笑みを浮かべて無精ひげを生やし、ロルフィーやカティアより十ほど年上に見える。

彼は自らが乗っていた栗毛《くりげ》の馬から、滑り降りるように地に降りた。

「それとも寝台の中では大胆になるタイプなんですかね？　どうなんです？　陛下」

「ルイス」

ロルフィーは瞳孔が開き気味の目で、護衛騎士を見下ろす。

「黙れ」

どす黒い殺気が、空気に漂う。

けれどルイスは怯《おび》える様子もなく、両手を耳の横に上げて大仰に謝った。

「はいはーい。失礼しましたー」

どう見ても反省しているようには見えない。

だがそれを咎《とが》めることなく、ロルフィーも馬から降りる。それから馬上に残したアニに腕を伸ばし、彼女を抱えてゆっくりと地面に下ろした。

そして、きょとんとするアニを見下ろし、剣呑《けんのん》に目を細める。

「……あの時生まれた子か」

カティアは息を呑んだ。

ロルフィーが腰から提げた長剣の存在を否応なく意識してしまい、急いでアニの腕をとり、自らの背後へ匿う。

そんなカティアを見て、ロルフィーが口の端を歪《ゆが》めた。

「俺がその子に何かするとでも？」

凍てつくほどに冷たい笑みだった。

かつて太陽のように明るく無邪気な笑顔を見せてくれた彼とは思えない。

背筋を、冷や汗が流れ落ちる。

カティアが知るロルフィーは、何があろうと子供を傷つけるようなことはしなかった。子供や老人には優しくし困っている人には親切にする――そんなごく当たり前のことを当たり前に出来る人で、そして曲がったことが大嫌いだった。

そんな真っ直ぐな性格は、人の上に立つ彼にとっては必ずしも長所ではなかったかもしれない。即位当時、カッとなるとつい態度を荒げてしまう自らを自制することに、感情豊かな彼は酷く苦労していた。

けれど、それも昔のこと。

今の彼がどんな人なのか、カティアにはわからない。

修道女達が密かに囁いていた噂《うわさ》によれば、ロルフィーは浴びるように酒を飲んで無闇やたらと剣を振るい、昼夜問わずに幾人もの女性を閨に引き入れているという。

そして人々は、カティアを悪しざまに言うのだ。

『国王陛下があんなふうになったのは、あの女のせいだ』『あの女は、王を堕落させた稀代の悪女だ』と。

そう言われても仕方がないと、改めてカティアは思った。

目の前にいる彼を見れば、彼が変わってしまったことは明らかだ。

（私は、憎まれて当然のことをしたんだもの）

深く深く、愛されていた。

何より大切にされていた。

それなのに、カティアは彼を傷つけ、絶望の淵《ふち》から奈落の底に突き落とした。

深い愛情は、ひとたび裏返れば激しい憎悪となる。

その憎悪が、アニに対して牙を剥かないとは言い切れない。

（この子を守らないと！）

アニには何の罪もないのだから。

冷や汗が、背筋を滑り落ちていく。

緊張のあまり呼吸が浅くなるカティアの陰から、アニが顔を出した。

そしてロルフィーを見上げる。

「アニのお父さま?」

「アニ!!」

何てことを言い出すのだ。

カティアは顔を真っ青にして、首を振った。

「失礼なことを言うんじゃありません!」

「でもこの人」

アニはロルフィーを指さし、青い目をキラキラと期待に輝かせる。

「海のむこうからきたよ。アニのお父さまは海のむこうにいるって母さま言ったでしょう?」

「黙りなさい!! アニ!!」

アニの口を閉じさせなければと、焦ったカティアは声を荒げてしまった。

我に返った時には、もう遅い。

驚いたアニは肩を竦《すく》め、そしてその大きな目がみるみるうちに潤んでいく。

「だって……海のむこうから……きたのにぃ」

くしゃりと顔を歪め、アニはしゃくりあげた。

カティアは慌てて屈みこむ。

「アニ、ごめんね。アニ……」

「母さまがおこったぁ」

声を上げて泣き始めたアニを、カティアは抱き寄せようとした。

「アニ」

「や！　母さま嫌い！」

アニはむずがり、カティアの手を拒絶する。

普段聞き分けが良いぶん、一度機嫌を損ねるとアニは手強い。おどしてもすかしても、おだてても駄目だ。

わんわんと大きな声で泣くアニにほとほと困り果てたカティアの頭上で、独り言のような声が聞こえた。

「すっかり母親なんだな」

「え……」

振り仰ごうとしたその時、ロルフィーの腕が伸びてきてアニの身体を軽々と抱き上げる。

「何を……」

一瞬身構えたカティアの目に飛び込んできたのは、自らの肩にアニをのせたロルフィーの姿だった。

アニは突然のことに驚いてまず目を丸くしたが、すぐに嬉しそうに頬を紅潮させた。

「たかーい！　すごーい！」

明るい歓声をあげるアニの目は、もうすっかり乾いている。

その楽しそうな様子に胸を撫で下ろす一方で、カティアは身が縮まる思いだった。

国王に肩車をさせるなど、何て畏れ多い。

第一、ロルフィーの心情を思えば、こんなことをさせていいはずがない。

「も、申し訳ありません。陛下」

――『陛下』と、呼びかけた。

既に彼の伴侶ではないカティアが、気安い言葉を使っていいはずもないからだ。

だが、かしこまったカティアを一瞥《いちべつ》し、ロルフィーが微かに眉を寄せる。傷ついたような顔だった。

「……大したことではない」

低い声で言うと、ロルフィーはウラヌスの手綱をルイスに預け、泥砂の上を歩き始めた。

「あの……どこへ」

「修道院の他に行く場所があるのか？」

ひねくれた言い方だが、つまりは修道院まで送ってくれるということらしい。

「え、で、でも……」

戸惑うカティアにかまわず、ロルフィーは先に進む。

気まずい思いのまま、カティアはロルフィーの後ろをついて歩いた。

「へーカは大きいね」

アニは上機嫌でロルフィーに話しかける。カティアがそう呼んだことから、ロルフィーの名前が『ヘーカ』だと勘違いしたらしい。

ロルフィーも訂正する気はないようで、短く返した。

「そうか」

「うん。木みたいだねぇ」

国王を木に例えるとは何て不遜な……。カティアは気が気ではない。

けれどロルフィーはアニの発言に気を悪くするでもなく、「そうか」といちいち相槌《あいづち》を打ってくれる。

（……どういうつもりなんだろう）

彼はカティアを憎んでいるはずだ。アニのことも、当然疎ましく思っているものと思っていたのに。

何故こんなふうに良くしてくれるのだろうか。

（それにしても、ロルフィーはどうしてここにいるのかしら）

王城からここまでは馬で半刻。周辺には田園風景と海が広がるばかり。

目的もなしに訪れるような場所ではない。

「あの……よろしいですか？」

数歩後ろから馬を二頭引き連れてついてくるルイスに、カティアは小声で尋ねた。

騎士というよりは下町をうろつく傭兵《ようへい》のような豪気な笑顔で、ルイスは屈託なく答えてくれた。

「ルイスと呼んでください」

「では、ルイス卿《きょう》。陛下は何故ここに？」

「ちょいとカティア様に訊《き》きたいことがありましてね」

「訊きたいこと？」

「ルイス」

前を歩いていたロルフィーが、肩ごしにこちらを振り返る。

「黙れと言ったはずだぞ」

またどす黒い殺気があたりにたちこめ、カティアは顔を青くした。

「はいはーい。余計なことは言いませーん」

ルイスは楽しげにクックッと肩を揺らす。

ロルフィーは小さく舌打ちすると、ルイスからカティアへと視線を移した。

「俺がここにいるのが迷惑か」

鋭く冷ややかな眼差しに射すくめられ、カティアは怯えながらも急いで否定した。

「い、いいえ。そんな……！」

「どうだかな」

顔を顰《しか》めて、ロルフィーは鼻で笑う。

「俺がいては、男を引き入れることも出来ないだろうからな」

吐き捨てるように言い、ロルフィーはまた歩き始める。

その背を、カティアはすぐに追いかけることが出来ない。背後で、ルイスが大きく溜息《ためいき》をついたのが聞こえた。

冷たい言葉に切り刻まれた心から、血が噴き出している。

だがそれが痛いと、泣くことは出来ない。

ロルフィーや世間にとって、カティアは髪を切られようが胸を貫かれようが文句が言えないほどの大罪を犯した『悪女』なのだから。

よろめくように、カティアは歩き出す。

それきり、ロルフィーと言葉を交わすことはなかった。

やがて霧の中に修道院の陰影と、島の海岸が見える。

「一人で干潟に出るんじゃないぞ」

ロルフィーはそう言って乾いた陸地にアニを下ろす。

「帰っちゃうの？」

残念そうにアニが言うのに、ロルフィーは表情を変えずに答えた。

「また来る」

これに驚いたのはカティアだ。

先程ルイスは『訊きたいことがある』と言った。その目的のためにわざわざここまで来たのなら、この場で目的を果たせばいい。それなのに、何故それをしようとしないのか。

「あ、あの……訊きたいことというのは」

ロルフィーはチラリとアニを見てから言った。

「……今度でいい」

そして踵《きびす》を返したロルフィーを、カティアは慌てて呼び止める。

「あ、あの、陛下！」

砂泥を踏みしめ、ロルフィーは立ち止まった。だが、こちらを振り向いてはくれない。

きっと、カティアの顔など見たくもないのだろう。

（それなら『訊きたいこと』を訊いていけばいいのに）

そうしたら、こんな僻地《へきち》にまた足を運ぶ必要はない。カティアの顔も見ずに済む。

けれどアニを気にしたということは、アニに聞かせたくない話なのかもしれない。

黒い外套が揺れる背に、カティアは背筋を伸ばしたまま顔を伏せ、膝を軽く曲げた。

貴婦人の優雅な宮廷式の礼。

王宮を追放され四年の時を経ても、その身のこなしは洗練されていた。

「お礼を申し上げます。娘を助けて下さってありがとうございました」

彼がアニを保護してくれなければ、アニは霧の中で行くべき場所も帰るべき道も失い、
最悪の事態になっていたかもしれない。

そうならなくて本当によかった。心からそう思う。

「……礼など無用だ」

突き放すような言葉にカティアが顔を上げた時、ロルフィーは既に早足に歩き出していた。

「じゃあカティア様、失礼いたしまーす。そうそう、ここに陛下が来たことは内密ってことで！　あ、陛下ー！　ちょっと待って下さいって！」

馬の手綱を引きながら小走りでロルフィーを追いかけるルイスと、護衛騎士にかまわずどんどん先へ進むロルフィーの背に、アニが無邪気に手を振る。

「へーカ！　またねー！」

それに答えることなく彼らは霧の中へと姿を消した。

「行っちゃった」

寂しそうに、アニが口を尖らせる。

この短い時間ですっかりロルフィーが気に入ったらしい。余程肩車が嬉しかったのだろう。

白くたちこめる霧を、カティアは見つめた。

（……元気そうで良かった）

随分と雰囲気は変わっていたが、アニに優しくしてくれた。彼の優しい本質はきっと変わっていないのだ。

（それに、何だか……）

昔の彼にはなかった野性味が、彼の丹精な顔立ちを一層凛々《りり》しく見せていた。

面と向かっていた時は恐ろしくて堪らなかったというのに、彼の姿を思い出すとカティアの心は弾んだ。まるで初めて恋を知った少女の頃と同じように。

（……馬鹿ね、私）

自分で自分に呆《あき》れてしまう。彼を裏切ったのは他でもないカティアなのに。

それにしても、彼は何を訊きたかったのだろうか。

「アニちゃんの父親は本当は俺じゃないのかって、訊かなくてよかったんですか？　陛下」

茶化すようなルイスの口調に苛立ちながら、ロルフィーは立ち止まる。

霧の向こうにうっすらと修道院の影が見えた。

髪が湿っぽい。霧の中を歩いたせいだろうか。

「子供の前で話すことじゃない」

それだけ言って、また海岸に向けて歩き出す。

カティアはアニに父親のことを『海の向こうにいる』とだけ言っていたようだった。あの様子では、詳しいことは何も話していないのだろう。事情が事情なだけに、カティアがアニに父親について話しあぐねているだろうことは想像に難くない。

二頭の馬の手綱を引きながら、ルイスはニヤニヤと笑っているようだった。

「まぁ、そうですよね。今日訊かなければ、またカティア様に会いに来れますもんね」

「それにしたって、もうちょっと優しい言葉をかけてあげてもよかったんじゃないですか？　『男を引き入れることも出来ない』とか、あれはダメでしょー」

腰に提げた長剣を鞘《さや》から抜き、ロルフィーは振り返る。

「黙れ。それ以上話したら、今すぐその頭と体を切り離してやる」

冷たく光る刃の切っ先を、ルイスの鼻先に突き付けた。

けれどルイスは跪くどころか、後ずさりもしない。

軽薄な笑みは、どこかロルフィーを試しているようにも見える。

「怖かったんでしょう？　アニちゃんの父親は誰かって改めて訊いて、でもそれが自分じゃなかったらって思うと」

「分かってるならわざわざ言うな!!」

馬が驚いて嘶《いなな》くほどに、ロルフィーは大声を上げた。

荒い息遣いで肩を上下させるロルフィーを、ルイスが気の毒そうに見やる。

「はいはい。言いすぎましたよ。謝ります。だから剣下ろしてくださいって」

「……っ」

ルイスに向けていた剣を、柔らかな砂泥に力いっぱい突き立てる。当然ながらこの程度のことでは身の内に滾《たぎ》る憤りは少しも紛れない。

剣の柄頭を握る両手に額を当てるようにして、ロルフィーは屈み込んだ。

「……俺を馬鹿だと思うか？」

「ご心配なく。世の中の大半の男は馬鹿ですからね」

ルイスは肩を揺らして笑った。

その笑いに、ロルフィーも乾いた笑いを返す。

「本当に馬鹿だよな。あの子が、俺の子であるはずないのに」

アニが生まれ、カティアの不貞が公になってから四年。

最初の一年、ロルフィーは満足に眠れなかった。

苦手だった酒を浴びるほど飲んで、ようやく気絶するように寝台に倒れ込む夜が続いた。

次の一年は、カティアを忘れようと躍起になった。

手当たり次第に女を口説いて寝所に連れ込んだが、いざことに及ぼうとすると熱が冷めるかのように我に返る。

髪の色が違う。顔が違う。肌が違う。声が、匂いが、全てが求めるものと違う。

これは、カティアではない。

確かに美しいと思って組み敷いたはずの女が急に醜く見えて、寝所から追いたてるようにして放り出した。我ながら理不尽この上ない。

その次の一年は、ひたすら剣を振った。

身の内に溜まった鬱憤を、剣を振ることで発散してしまいたかったのだ。

上位騎士を相手に朝から晩まで剣を打ち込み、何度肉刺《まめ》を潰したことだろう。

ルイスと出会ったのはこの頃だ。ロルフィーに遠慮して手加減する騎士が多い中、ルイスだけは本気でロルフィーと打ち合ってくれた。剣の腕前で上位騎士にまで昇格したルイスに敵うはずも当然なく、ロルフィーは何度も彼に打ち負かされ演習場に寝転がって空を見上げる羽目になった。それからだ。ルイスを護衛騎士にしたのは。

日々彼と打ち合ううちに、ロルフィーは徐々に平静を取り戻すことが出来た。

――それでも、カティアを忘れることは出来なかった。

自分で自分が腹だたしくてたまらない。

他の男に身を委ね、その男の子供を生んだ妻を、それでも忘れられない惨めな男。

けれどどうすればこの想いを自分から切り離せるのか分からないのだ。

手紙をやりとりしていたあの頃から、彼女を想うことはロルフィーにとって呼吸するかのように自然なことだった。

愛してる。

それなのに何故裏切った。

何故だ。

何故、何故、何故……。

何もかも忘れてしまいたい。

それなのに、目を閉じれば瞼《まぶた》の裏にカティアの微笑みが浮かぶ。

花が咲き乱れる庭園。

カティアが微笑みながら呼ぶのだ。『ロルフィー』と。

信頼と優しさが滲《にじ》んだ声で。

（本当に……？）

はにかむような笑顔を思い出すたびに、ふと思う。

本当に、カティアはロルフィーを裏切って、他の男に抱かれたのだろうか。

出産の前日、不安だと言いつつも母親になる喜びをかみしめていたカティアに、そんな影は微塵《みじん》もなかった。

――本当は、アニは俺の娘なんじゃないのか。

瞳の色が違う親子など星の数ほどいる。

アニの目の色が青かったのは、何かの間違いだったのかもしれない。

いや、むしろエドライド王家が何世代にもわたり同じ色の目だったことこそが、神の悪戯だったのではないのか。

自分でも分かっていた。逃げ道を探すうちに、荒唐無稽な答えを無理矢理作り出そうとしていることに。

それでも、その荒唐無稽な答えを馬鹿馬鹿しいと捨てることがどうしても出来なかった。

『確かめればいいじゃないですか』とルイスに唆されて、迷いながらもここまで来てしまったロルフィーの前に現れたのがアニだ。

最初は近くの村に住む子供が干潟に迷い込んだのだと思った。危ないと思って拾ったその子からはカティアの匂いがして、ロルフィーはそれがあの日泣いていた赤ん坊だと気づいた。

『海のむこうから来たの？』

アニの言う海の向こうは、修道院のある島の対岸を指していたのだろう。戸惑いつつも頷いたロルフィーに、アニは何故か満面の笑みを見せた。

どうもアニは、ロルフィーを自分の父親だと思ったらしい。

皮肉な誤解だ。

笑い飛ばすことも出来ない。

だがもし彼女の誤解が、誤解でなかったら……。

「とりあえず、今日は帰りましょうや」

「……そうだな」

ルイスから手綱を受け取ると、ロルフィーは鐙《あぶみ》に足をかけて一息にウラヌスの背に跨《また》がった。

ロルフィーと同じく馬の背に跨ったルイスが、手綱を捌《さば》いて隣に並ぶ。

もう一度、ロルフィーは霧の中の修道院を眺めた。

（少し痩せたな……）

四年ぶりに顔をあわせたカティアの姿を思い返す。

粗末な身なり。化粧っ気がない顔。

それでも、ロルフィーの目には満月のように眩《まぶ》しく映った。

(『陛下』か)

冷たく、無機質な響きだ。

まるで侍女のようにかしこまるばかりのカティアにそう呼ばれ、胸に感じたのは骨が砕けるような激しい痛みだった。

これほどまでに傷つく余地が、まだ自分にはあったのか。

「……行くぞ」

手綱を緩め、踵でウラヌスの横腹を蹴る。

二頭の馬は、海岸線を王都に向かって走り抜けていった。

第三章　底なしの地獄

数日後のこと。

カティアは井戸端にいた。

（もうこの服も小さくなってきたわね）

濯いで水気を絞ったアニの服を両手で広げて掲げ、しみじみと感じ入る。

子供の成長は驚くほどに早い。少し大きかったはずの服も、いつの間にか小さくなっている。そういえば、爪先がきついというようなことも言っていた。きっと靴が小さくなっているのだ。

（早めに新しい服と靴を用意しないと……）

それを考えると気が滅入る。

王宮を追われた際に所有していたすべての財産を没収されたカティアには、自由に使える金貨は一枚もないのだ。

そんなカティアがアニの為に新しい服や靴を手に入れるには、ローサに頼み込むよりほかにない。

ローサの冷たい物言いを思い出すだけで寒気がする。だがアニに不自由をさせないために、勇気を出さなくては。

「それも洗っておいて頂ける？　王妃様」

突如頭の上に落ちてきた布類で視界を覆われ、カティアの思考は強制的に中断された。

「恥知らずな悪女」

「短い髪がみすぼらしくてお似合いだわ」

悪意と、嘲りがこめられた声。

カティアが大量の汚れた衣類から顔を覗《のぞ》かせた時には、声の主らしい数人の若い修道女達の後ろ姿は遠くに見えるのみだった。

残された汚れ物に、カティアは呆《あき》れかえる。

「……すごい量だわ」

一日二日で、こんな量の汚れ物が溜《た》まるわけはない。

カティアに押し付けるためにわざわざ汚れ物をため込んだのだろうか。それとも修道女達の部屋から汚れ物を集めて回ったのか。いずれにせよ、随分と手のこんだ意地悪である。

（ミランダがいなくてよかった……）

きっと彼女がいたら、またカティアを庇《かば》って他の修道女達と口論になっていただろう。

ミランダには、なるべく迷惑をかけたくない。ただでさえ色々と世話になっているのだから。

改めて腕まくりをすると、カティアは洗濯に取り掛かった。

井戸の滑車に繋《つな》がる紐《ひも》に手をやり、水を汲《く》みあげる。その水を汚れ物を入れた桶《おけ》の中へ注ぎ粉石鹸《せっけん》を振りかければ、後はひたすら踏み洗えばいい。

井戸の水は雪解け水のように冷たくて、足が凍えてしまいそうだった。

「母さま‼」

カティアがどうにか大量の洗濯をこなし、中庭へと干し終えた頃。

アニが楽しそうに抱きついてきた。

「母さま！　ねぇ、こっち来て！」

「なぁに？」

「こっちこっち！」

小さな手に腕を引かれ、カティアは歩き出す。

アニは鼻歌交じりで、ご機嫌な様子だ。

先日ロルフィーに会ってからというもの、アニはずっと『へーカ今日来るかな？』『へーカ明日来るかな？』と裏庭のあたりをうろついている。

確かにロルフィーはまた来ると言ってはいた。けれど、彼は国王だ。そうそう王宮を空けるわけにもいかないだろう。もしかしたら日々の忙しさに忙殺されて、ここに来ることも忘れてしまうかもしれない。

彼の訪れがいつになるのかは分からないとアニには伝えてあるのだが、アニは日がな木々の間に見える干潟を眺めてロルフィーの訪れを待っている。

（アニは寂しいのかもしれないわ）

アニが近づくとミランダを除く修道女達は皆嫌そうな顔をし、中には邪険に追い払う人もいる。そんなアニにとって、厭《いと》うことなく抱き上げてくれたロルフィーは、自分を受け入れてくれた貴重な存在なのだろう。

けれど小さな子供のことだ。そのうち待つことにくたびれて、いつものように蝶と鬼ごっこを始めるだろう。そのうち自分が何を待っていたのかも忘れてしまうかもしれない。

アニに連れられて裏庭にまで来たカティアは、首を傾げた。

「アニ？　裏庭がどうしたの？」

一見したところ、変わったところはない。

珍しい花が咲いているわけでも、野兎《のうさぎ》などの野生動物が迷い込んできたわけでもないようだ。

（てっきり、何か見せたいものでもあるのかと思ったのに）

何故アニが張り切ってカティアをここに連れてきたのか、その意図が分からない。

するとアニはカティアの手を離し、駆け出した。

「連れて来たよー」

物置小屋の陰からアニに引っ張り出されたその人物を見て、カティアは目を剝く。

「へ、陛下!?」

「静かに」

ロルフィーは不機嫌そうな表情で、鋭くカティアを叱責した。

「他の者達に俺がここにいると知られるのは困る」

「も、申し訳ありません」

カティアは慌てて小声で謝った。

（ほ、本当に来るなんて）

国王がそうそう王宮を留守にすることはないだろうと、思ったばかりだというのに。

「ルイス。ちゃんと母さま連れて来たよー。えらいー？」

「偉いぞー。アニちゃんは賢いなぁ」

「えへへー」

暢気《のんき》に言葉を交わすアニとルイスは、いつのまにか随分打ち解けている様子だ。

（そう言えば……）

カティアは周囲を見回した。

前回もそうだったが、ルイス以外に護衛がいる気配がない。

普通、国王が王宮の外に出るとなれば事前に視察行程に護衛騎士を派遣して安全を確保し、前後を騎馬隊に護衛された六頭引きの馬車に複数人の侍従が付き従うものだ。

「あの……他のお付きの方は？」

「そんなものいない」

あっさり言うロルフィーに、カティアは愕然《がくぜん》とした。

つまりロルフィーは、王宮を密かに抜け出してここに来ているのだ。

ロルフィー付きの侍従達が主君を探して右往左往する姿が目に浮かび、気の毒で眩暈《めまい》がする。

「国王陛下ともあろうお方が、あまりに軽はずみではございませんか？」

カティアが言うと、ロルフィーはピクリと頬をひきつらせた。

「帰れというのか」

美しい紫の双眼が、カティアを睨《にら》むように見据えている。

カティアはたじろぎながらも彼を見返し、更に続けた。

「何かあってはと心配しているのです。それに陛下がおられませんと困る者も多くおりましょう？」

「いるものか」

ロルフィーは鼻で笑うと、カティアから目を逸らす。

「俺がいようがいまいが、ウィルダーンが好きにする。お前も知っているだろう？」

宰相ウィルダーン。この国の宰相であり、ロルフィーの祖父である。

そもそも彼はロルフィーの父王に政治学を教える一教師に過ぎなかった。それが娘――つまりロルフィーの母親――が国王に見初められて王妃になったことをきっかけに王宮内での影響力を手に入れ、やがて宰相にまで上りつめたのだ。

ロルフィーが父王の急死に伴い急遽《きゅうきょ》即位した十八歳の時。

宰相ウィルダーンは経験に乏しい国王を補佐するため、ロルフィーの持つ主な権限を自らが預かると言いだした。未熟だという自覚があったロルフィーも、若いロルフィーの即位に不安を抱いていた議会も、ウィルダーンの提案に頷《うなず》いた。

国王が幼少であったり病床にある場合、宰相がこれに代わって国事を預かるのは珍しいことではない。ウィルダーンの提案は、理に適ったものだった。

だが、これが間違いだった。

ウィルダーンはロルフィーの意見をことごとく軽視した。

これにロルフィーが苛立ち怒りを爆発させると、それはそれで『お若いから』と周囲はロルフィーを侮る。

ロルフィーは憤りを呑み込み、黙りこむしかなかったのだ。

その状況は、どうやら今も変わっていないらしい。

「俺はウィルダーンの傀儡《かいらい》に過ぎん」

投げやりにそう言ったロルフィーに、カティアは思わず強く言い返した。

「いいえ！　あなたは傀儡などではありません！」

本当に傀儡ならば、自分が傀儡であることに気付いたりはしないだろう。

けれど、ロルフィーはそうではない。

「私は知っています！　あなたがどんなに努力してきたか！　ウィルダーンと表立って

争わないのも政局をいたずらに混乱させることで民の暮らしが立ち行かなくなってはと……」

カティアはそこまで一気にまくしたてたが、呆気《あっけ》にとられて目を丸くするロルフィーを見て我に返った。

「……僭越《せんえつ》でした。お許しください」

自分の立場を忘れていた。

(もう私は妻ではないんだったわ)

恐縮して縮こまるカティアに、ロルフィーの呟《つぶや》きが落ちてくる。

「そういうところは変わらないんだな」

「え？」

「ルイス」

ロルフィーが目配せすると、ルイスは心得たとばかりに頷いた。

「アニちゃん。あっちにお馬さんがいるんだけど、一緒に見に行こうか？」

「お馬さん？　行く行く！」

ルイスに連れられて、アニははしゃぎながら裏門から出て行った。

前回思った通り、どうやら『訊《き》きたいこと』とはアニに聞かれたくないことらしい。

「あの、一体何を……」

訊きたいのか、と不安に思いながらもカティアが尋ねようとした時。

「静かに」

ロルフィーは急にカティアの腕を摑《つか》んで、引き寄せた。

「な……っ」

「人が来る」

彼は素早く言うと物置小屋の陰にカティアを押し込んで、自らもそこに身を潜めた。

「じっとしていろ」

「……っ」

耳元で囁《ささや》かれて、カティアは体を強張らせる。

ロルフィーの紫の瞳が、すぐそこにある。

掌に、彼の胸の鼓動を感じる。

そして、背中に回された大きな手。

まるで抱きしめられているようで、落ち着くことが出来ない。

潮が満ちるように、身体の奥から熱い想いが溢《あふ》れ出す。

この温もりを知っている。

当たり前のように、自分の一部であるかのように、いつもすぐ傍にいた温もり――。

緊張を悟られまいと意識して規則的に呼吸するうちに、裏庭が見渡せる回廊を歩いていた修道女は通り過ぎていった。

「行ったな」

ロルフィーのその言葉を聞いたカティアは、急いで彼から身を離す。

ホッと胸を撫《な》で下ろしたと同時に、妙に寒々しい気がした。

(身勝手ね……)

四年前、彼の手を放したのはカティアの方だというのに。

潮風が心の隙間を吹き抜けていく。

沁《し》みるような痛みに、胸を押さえた。

「……そんなに俺に触られるのが嫌か」

「え?」

カティアは訊き返した。さっきの声といい今といい、彼の呟きは小さすぎて潮風に紛れて何と言ったのか聞こえない。

ロルフィーの眉間の皺《しわ》は、何故か深くなっている。

「陛下?」

「……来い」

そう言って、ロルフィーは物置小屋の扉を開けた。

乾燥させた薪を保管するための小屋は、壁に沿って薪が高く積まれている。

そう広くはなかったが、息苦しさを感じるほど狭くもない。

「閉めろ。誰かに見られるのは面倒だ」

「は、はい」

言われたとおりに、カティアは扉を閉めた。

建て付けが悪いのか、潮風に吹きつけられて扉がカタカタと揺れる。

ロルフィーは奥にあった大きな薪を椅子代わりにして腰かけると、腕と足をそれぞれ組み、横を向いた。

「単刀直入に言う。アニの父親は誰だ」

カティアは息を呑んだ。

自らの心臓の音が、やけに大きく鼓膜に響く。

緊張で体が強張っていくのを感じた。

「……アニの父親は、死にました」

カティアの不貞が明らかになった四年前。ウィルダーン主導の元、カティアの密通相手の捜索が行われ、程なくして一人の男が捕まった。金髪碧眼《へきがん》のその男は王宮に出入りする楽士の一人で、彼は捕えられたその日に大した詮議もなく処刑されたという。

「本当にその男がアニの父親か？」

ロルフィーは顔を背けたまま、鋭い視線だけをカティアに寄越した。

問い詰められ、カティアは右の手で左の拳を握り締める。

「……他に誰がいるというのです？」

カティアは訊き返した。

彼が何故今更アニの父親について尋ねてくるのか、その意図が分からない。

戸惑うカティアから、ロルフィーはまた視線を外して話を続けた。

「お前は相手の男を……愛していたのか？」

「……それは」

何と言えばいいのか分からず、カティアは言葉を濁す。

「どうして……そんなことを聞くのです？」

「――……」

彼は何も答えない。

目を伏せたその顔に、険しさが差す。

「……どうして、俺を裏切った？」

ロルフィーが、顔を上げる。

「答えろ」

震える手を、カティアは握りしめた。

四年、たった。

それでも、彼が受けた傷は生々しく鮮血を流し続けているのだ。

「申し訳、ありませ……」

「謝罪が欲しいわけじゃない!!」

ロルフィーは突然立ち上がり、そう怒鳴った。

驚いて身を縮ませたカティアの腕を、彼は強く掴む。

「どうして何も言わないんだ？　答えろカティア。答えろ！」

その瞳を見ているうちに、カティアの目にも涙がこみ上げる。

「……私に言えるのは、私がこうなったのは……私が弱かったからだということだけです」

どう言い訳しようが結果は同じことだ。彼を傷つけた。

涙を飲み込み、大きく一つ深呼吸する。

彼の前で、泣くわけにはいかない。

「本当に、ごめんなさ……」

腕を強く引き寄せられ、気づいた時には唇がロルフィーのそれと重なっていた。

慌てて身を引こうとするがいつの間にか腰に腕が回されていて、それが叶《かな》わない。

「んん……っ」

唇をこじ開けて入り込んできた舌に歯の裏側をザラリと舐められ、肩を揺らす。

乾ききった砂漠でたった一滴の水を求めるように、ロルフィーの舌はカティアの唇を貪った。

「ん……ぁっ」

「……っカティア」

吐息交じりに名前を呼ばれ、カティアの心が大きく揺らいだ。

この熱に、彼の手に、身を委ねてしまいたい。

（……ダメ!!）

ありったけの力を込めて、カティアはロルフィーを突き飛ばした。

「わ、私はもう陛下の妃ではありません！」

思わぬ強い力で突き飛ばされ、ロルフィーは壁に背を打ち付けた。

カティアはといえば、ロルフィーが打ち付けられた壁とは反対側の壁に縋《すが》るようにして、身を縮めている。

〝私はもう陛下の妃ではありません！〟

その言葉は、まるで刃のようにロルフィーの胸を抉《えぐ》った。

（そんなこと……）

言われるまでもなく、知っている。

（それでも）

それでも、まだ愛してる。

それがどれほど虚しいか。苦しいか。悔しいか。

（カティア。お前には分からないのだろうな）

顔を背けながら、カティアは震える声で続ける。

「お願いです。もう帰って下さい……っ」

自分で自分の首を絞めていることに、カティアは気付いていないようだ。

カティアが抵抗すればするほどロルフィーの嗜虐心《しぎゃくしん》は煽《あお》られて、そしてそれは彼女へと向けられるというのに。

クッ、とロルフィーは笑った。

(それほど、あの楽士が好きか)

とうに死んだ男が、まだ忘れられないか。

先程まで座っていた薪に、ロルフィーはまた腰かけた。

カティアが、おずおずとこちらを見る。

「あの……?」

「俺の言うことを聞けば、帰ってやってもいい」

腕を組み、薄暗い笑みで唇を歪《ゆが》ませる。

大声で笑いたい。

自分はとうとう狂ってしまったのだろうか。

愛しい女を、自分と同じだけ苦しめてやりたいと思うだなんて。

「どう……すれば?」

困り果てて立ち竦《すく》んでいるカティアは、冷たい雨にうたれても、尚も懸命に咲き続けようとする白い野薔薇《ばら》に似ていた。

その可憐《かれん》な花びらを無残に踏み散らしたら、この鬱蒼《うっそう》とした心も晴れるだろうか。

「昔、時々してくれただろう?」

笑い出したい衝動を堪えて、ロルフィーは言った。

「手と、口で」

サッ、とカティアが顔を赤らめた。

恥じらうように俯《うつむ》く姿は何も知らない無垢《むく》な乙女のようだったが、その清純そうな唇が淫らに喘《あえ》ぐことを、ロルフィーは知っている。

(その声を)

聞いたのだろうか。

あの楽士は。

そう思うと、腹の底から怒りがこみ上げる。

「で、できません……」

消え入りそうな声で、カティアは訴える。

そんな可愛い顔をしても無駄だ。許すつもりはない。

ロルフィーは暗い笑みを深くする。

「もう俺の妃ではないと、そう言ったな?」

カティアの瞳が怯《おび》えて揺れる。

その瞳に映る自分の醜悪さに、吐き気がした。

嫉妬に狂う男は、これほど醜いのか。

「そうだ。俺はもうお前の夫ではない。けれど、王だ」

唇から、笑いが消える。

「従え」

「……っ」

カティアの顔は青いほどに真っ白だった。

（さあ、どうする？）

カティアが引きずるようにして、足を踏み出した。

そしてロルフィーの前に両膝をつき、震える手をロルフィーの脚衣に伸ばす。

それを見下ろすロルフィーの心は、急激に冷えていった。

（それほど俺を帰らせたいか）

凍える心とは反対に、雄の欲望は火傷するほどの熱を纏《まと》っていく。

カティアが脚衣の前を寛げると、既に硬く勃ち上がった屹立《きつりつ》が飛び出してきた。先端から待ちわびるように涎《よだれ》を垂らしている自らのそれを見て、ロルフィーは内心呆れてしまった。

（四年――いや、それ以上か）

身籠り、悪阻に苦しめられていたカティアを気遣って、彼女に触れることをロルフィーは自分に禁じていた。

驚くほど長い間、カティアは勿論《もちろん》、誰とも性的な関わりを持っていなかったことになる。

カティアを想像して自ら慰めたことはあるにはあるが、その虚しさと言ったら男に生まれたことを後悔するほどだった。

カティアは、筋張って今にもはちきれそうな欲望を見て硬直したまま動かない。

「どうした?」

ロルフィーが嘲るように促した。

「出来ないのか?」

「い、いえ……」

カティアは小さく首を振ると、おそるおそるという手つきで、ロルフィーの屹立を握りこんだ。

「……っ」

それだけで、息が止まりそうなほどの刺激が走る。

(まずいな)

ゆっくりと手を上下に動かすカティアを、ロルフィーは見つめた。

ベールで短い髪を隠し灰色の長衣に身を包んだカティアは、まるで本当に修道女になったかのように見えた。

昔から年齢よりも年若く見られる顔は、清らかで何の穢《けが》れもない聖女のようだ。

その聖女のような顔を赤らめながら淫らに手を動かす姿は、とてつもなく情欲的だった。

カティアに初めて口と手でされたのは、結婚して半年たった頃だ。

そういう行為があることは知識としては知っていたものの、まさかその知識をカティアが持っているだなんて、ましてや実行に移すだなんて夢にも思っていなかったロルフィーは目が飛び出るくらいに仰天した。

どうやらカティアは夜ごとの行為のせいで寝不足気味で、そこへ当時親しくしていた侯爵夫人が手と口で夫を満足させる方法をそっと耳打ちしたらしい。

『気真面目にお相手をしていたら、身体がもちませんわよ？　それに、きっとロルフィー殿下はお喜びになりますわ』と言われたらしいカティアは、自分の身体を休ませたかったというよりは、単純にロルフィーが喜ぶ顔を見たくて勇気を出したようだ。

結果として、カティアの行為は記念すべき初の夫婦喧嘩《げんか》の火種になった。

満足するどころか歯止めが利かなくなったロルフィーのせいで、カティアは翌日寝台から起き上がることが出来ず、予定されていた公務を休まざるをえなかったのだ。

『ロルフィーの馬鹿！　もう知らない！』

自分だって前後不覚に乱れていたじゃないかと反論するのは、勿論控えた。

夫婦喧嘩は平身低頭でとにかく謝れと、父王から頂いたありがたい教えに忠実に従ったのだ。

真っ赤な顔でぷりぷり怒るカティアの姿を思い出し、唇が自然と綻ぶ。

その気配を感じたのか、カティアが上目づかいにそっとロルフィーを見た。

ロルフィーはそれに、意地悪そうに微笑み返す。

するとカティアは、顔を真っ赤にして視線を伏せた。

その姿が過去の彼女の姿に重なって、カティアの手の中の熱が脈動するようにして質量を増す。

「……っは」

呼吸が掠《かす》れたその時。カティアが見計らったようにロルフィーの屹立を頬張り、舌を絡めた。

「カ……っ」

歯を食いしばる。

少しでも気を抜けば、すぐさま達してしまいそうだ。

(悪女、か)

巷《ちまた》ではカティアのことを『稀代《きだい》の悪女』と呼んでいるらしい。

国王を誑《たぶら》かし堕落させた悪女、と。

(なるほどな)

確かに悪女かもしれない。

こんな清らかな顔をしておいて、口と手だけで男を翻弄しているのだから。

薄暗い小屋の中で、カティアの白い肌は光を放っているように見える。

ベールから覗く短い亜麻色の髪に触りたくてロルフィーは手を伸ばした。

亜麻色の短い髪は、記憶の中と同様に緩く波打っていた。

その髪に指を差し込む。

懐かしい感触に、感動すら覚えた。

けれど同時に、どす黒い感情が頭をもたげる。

（この、髪に）

同じように触ったのだ。アニの父親は。

「……同じことを、アニの父親にもしたのか？」

「……え？」

目を丸くして、カティアがロルフィーの猛る欲望から口を離す。

赤い唇は、淫らな艶を纏っていた。

ロルフィーはまた微笑んだ。カティアを嘲笑するように。

「あの男は、こうやってお前の髪にも触ったのか？」

ロルフィーはカティアの手首を掴み、引き上げられるようにして腕の中に閉じ込める。

「へ、陛下……っ」

カティアは顔色を変えた。

逃げようとしているのか必死に腕を突っ張ってはいるが、無駄なあがきだ。最初から逃がす気などない。

「は、話が違います！」

「抱かないとは言っていない」

「そんな……っ」

カティアの訴えを聞き流し、ロルフィーは質素な長衣の裾をたくし上げ、柔らかな太腿《ふともも》の内側を撫でた。

その手を、カティアが慌てて抑える。

「いや……っ」

「あの楽士は知っていたのか？　お前が」

暗く笑いながら、カティアの耳殻を唇で食んだ。

そうしながら薄い下着の紐を解き、剝ぐようにずり下ろす。

掌で覆うように触った足の付け根は、うっすらと湿りを帯びていた。

「だ、だめ」

「耳を舐められながら、こうされるのが好きだと」

迷うことなく指で淡い陰毛をかき分けて小さな突起を探り当てると、ロルフィーはそこを容赦なく押し潰した。

「あああっ‼」

突然与えられた強烈な快感に、カティアが叫ぶ。

肉芽を捏《こ》ねるようにして押し回すと、細い腰がビクビクと跳ねた。

「だ、め……っんん」

これ以上声を出すまいと、カティアが唇を引き結ぶ。

けれどロルフィーが秘所を指でかき混ぜると、彼女はあっけなく唇を緩めて喘《あえ》いだ。

「ああ……っぁン。やめてぇ」

カティアの身体のことは、彼女よりもロルフィーの方がよく知っている。

どこを触られると感じるか、どんなふうにどんな強さで撫でられるのが好きか。

長いようで短かった結婚生活で、それこそ愚直な研究者のように、ロルフィーはカティアの身体を隅々まで調べ尽くしたからだ。

「奴はお前のここをこうやってほぐしたのだろう？」

グチュグチュと淫らな水音がした。

四年以上も抱かれていなかったのが嘘《うそ》のように、カティアの泥濘《でいねい》は熱く溶けていた。まるでこうされることを待ちわびていたかのようだ。

（誰を待っていた？）

死んだ男を、夢に待っていたのだろうか。

それを考えるだけで、ドロついた嫉妬が溢れ出す。

「あ、……っや」

恥ずかしさで頬を赤らめながらもカティアの身体は弛緩《しかん》し、抵抗していた手からも力が抜けていく。

「やめ……っはあ、っあ……ぁ」

「カティア……」

ロルフィーはカティアの耳孔を舌で犯しながら、秘所に差し込む指を三本に増やした。

ゆっくりとした抜き差しは、逆に中の熱を高めていくようだった。

「いや……いやぁ」

カティアのそこは素直に指を咥《くわ》えこみ、だらしなく蜜を垂らしている。歯痒《はがゆ》いほどに

「あ……やめ……」

縋るように見上げてくるカティアに、ロルフィーは優しく微笑んだ。

「奴とは何度寝た？」

快楽に蕩《とろ》けていたカティアの瞳が、揺れる。

「あ……」

「何度ここに奴を受け入れた？」

膣洞の中で、指をバラバラに動かした。

「ああっ」

「カティア。答えろ」

「いや、ァ」

カティアの目尻から、涙が落ちる。

淫らに溶けた肢体に反して、意識ははっきりと理性を保っているのだろう。

狭い小屋には淫らな匂いが充満していた。

指を差し抜きするたびに、ぐちゅぐちゅと蜜が溢れ出す。

「あぁ、や、やめ……っ！　あ、ああっ!!」

ロルフィーの指を引きちぎろうとするかのように、柔肉が締め付ける。

背を弓なりに反らし、カティアはビクビクと腰を前後に揺らした。

「あ……っあ」

天を向いて忘我するカティアの美しい横顔に、ロルフィーは見とれた。

(悪女だ)

そのか細い声で、しなやかな肢体で、ロルフィーを惑わせる悪女。

ロルフィーはカティアを抱えるようにして立ち上がった。

「壁に手をつけ」

「……」

カティアはまるで人形になったかのように、漆喰《しっくい》の壁に上体を預けるようにして素直に両手をついた。

その細腰を引き寄せ、ロルフィーはカティアの足を覆う長い裾を捲《めく》り上げる。

あらわれた白い臀部《でんぶ》をなでると、ロルフィーは自らの熱い熱杭を後ろからカティアの蜜口にあてがう。

「逃げなくていいのか？」

「……っ」

耳元で囁くと、カティアが息を呑むのが分かった。

「挿れてしまうぞ？」

「……」

カティアは何も言わない。

何も言わず、首を傾げるような仕草でロルフィーを振り返る。

その琥珀《こはく》色の瞳は虚ろで、何を考えているのかはわからない。

凶暴なまでに硬く反り立つ先端が、カティアの蜜口にツプリと潜り込む。

「……ッ」

カティアの腰が震えた。

その震えに促され、ロルフィーは腰を進める。ゆっくり、ゆっくりと。

「……っぁ」

「は……っ」

唇が重なる。

舌を絡め、お互いの唇を甘く噛《か》み、そうするうちに二人の腰は隙間なくぴったりと重なった。

カティアの中は熱く、狭く、そしてドロドロに濡《ぬ》れていた。

あまりの心地良さに、眩暈すらする。

ずっとこのまま、カティアを抱き締めていたい。

それなのに、腰が揺れるのを止められない。

もっと奥に、もっと強く。

徐々に大きく速くなる動きに、糸をひきながら唇が離れる。

「はぁ……ぁっ」

切なげに歪んだカティアの顔には壮絶な色香が滲《にじ》んでいて、ロルフィーの中で何かが焼き切れた。

「カティア……っ!」

「あ……っあぁんっ、あっ」

もう止められなかった。

何度も何度も、ロルフィーはカティアの最奥を突き上げ、その度にカティアの喉からは甘い歓声が上がる。

「あぅっ、ん……っはぁ、アっ、ぁあっ」

カティアは淫らに喘ぐのに夢中で、ロルフィーを拒絶することも既に忘れたかのようだ。

濡れた声に煽られて、ロルフィーの熱は更に凶暴さを増していく。

白くて細い首の後ろを唇で吸い上げると、カティアは感じ入ったように背を反らした。

本当ならこの灰色の長衣を全て剝ぎとって、白い肌を指先から足の裏まで味わいたい。

彼女がいつも隠したがっていた豊かな胸にも、顔を埋めて所有印を刻みたい。

けれどそんなことをする余裕はとてもなかった。カティアを追い立てるので精一杯だ。

(愛してる)

それは声にならない声だった。

愛しているからこそ、憎くてたまらない。

言葉に出来ないその感情を、愚かなほど真っ直ぐにカティアに打ち付ける。

快感は何度も打ち寄せては返し、そして徐々に大きくなっていく。

「ダメっ、いやっぁ、ああ‼　あっ‼」

堪えきれなくなったカティアが、声を上げて達した。

腿から膝までがピンと強張るのに反して、腰だけがビクビクと揺れる。

それに引きずられ、ロルフィーも強く収縮する彼女の膣壁に白い欲望を解き放つ。

「……っ、は……はぁ」

「は……っ」

壁に寄りかかるカティアを、背中から包み込むように抱き締める。

くしゃくしゃに乱れた亜麻色の髪からは、微かに石鹸の香りがした。

充足感と同時に、これまでの比ではない飢餓感が襲ってくる。

（足りない……）

とてもではないが、この程度では足りない。満足できない。

カティアに会えなかった四年間は、ロルフィーにとって地獄に等しかった。それを思えばカティアが腕の中にいる今の状況はもっと夢心地であってもいいはずなのに、むしろ地獄の、更に深淵《しんえん》に足を踏み入れてしまったかのような気分だ。

どうすれば自分は満たされるのだろう。

カティアが気を失うまで、その身体を蹂躙《じゅうりん》すれば気がすむのか。

それともカティアを離宮かどこかへ閉じ込めてしまおうか。

寝台の支柱に縛り付けて誰にも会わせず、自分だけのものにしてしまえば、この焦燥はおさまるだろうか。

「……もう、よろしいでしょう？」

まだ整わない呼吸の合間に、カティアが言葉を紡ぐ。

「どうか、お帰りください……」

ロルフィーを視界に入れようとすらしないその姿に、ロルフィーの心臓がひび割れる。

ほんの少し前まで同じ温度で溶け合っていたのに、もうそこにはマグマと氷ほどの温度差があった。

「……は、はは」

乾いた笑いが、口から洩《も》れる。

（――……無駄だ）

どんなに強く掻《か》き抱こうと、たとえ縛り付けて閉じ込めようと、すべて無駄だ。

ロルフィーが欲しいものは手に入らない。

カティアを抱きしめる手に力を込め、その肩に顔を伏せる。

地獄だ。

底なしの地獄。

「この、悪女め……っ」

罵る声が掠れたのは、こみ上げた感情を無理矢理呑み込んだからだった。

第四章　暁の約束

初めて夫婦になった夜。

『我慢しない』と言った割に、ロルフィーは忍耐強かった。

執拗《しつよう》なほどの愛撫《あいぶ》でカティアの心と身体を解きほぐす間、彼の若い体は脚衣ごしにもはっきりと分かるほどに反応していたが、ロルフィーは性急に事を運ぼうとはしなかった。

きっとそれは、処女であるカティアがロルフィーを受け入れる際に感じる痛みを少しでも少なくしようという、彼の優しさだったのだろう。

だが、カティアにとっては拷問に等しかった。

彼の舌が身体の隅から隅までを丹念に這《は》い、太い指で何度も甘い絶頂に追いやられる。

身体が溶けてしまうのではないかという恐怖で、カティアは必死にロルフィーにしがみついた。

ようやく彼の欲望を受け入れた時、感じた痛みにカティアは安心すらした。自分の体がここにあると、痛みで実感出来たからだ。

そうして無事夫婦になった翌朝。

まだ暗いうちに、カティアはロルフィーに起こされた。

「カティア。起きてくれカティア」

「ん……ロルフィー？」

肩を優しく揺すられて、カティアは目を開ける。

「何……？」

起き上がろうとしたが、自分が何も纏《まと》っていないことに気付いて慌てて上掛けを手繰り寄せた。顔を赤くしながら乱れた髪を手で撫《な》でつける。

「あ……え、えっと」

恥ずかしくて、いたたまれない。

こんな時、何と言えばいいのだろう。

ロルフィーは戸惑うカティアの額に軽いキスをすると、明るく笑った。

「おいで。見せたいものがある」

「え？　でも」

カティアは上掛けを巻きつけただけで、まだ裸だ。

ロルフィーにしろ、脚衣こそ身に着けているものの上半身は何も着ていない。

そんな姿でどこに行こうというのか。

「時間がないんだ。早く」

「きゃ⁉」

ロルフィーは掛布ごとカティアを抱きかかえると、部屋を横切って露台に出た。

冷たい朝の風は、まだ夜の匂いがする。

「だ、誰かに見られたら……」

「ほら」

「え？」

促されて、カティアはそこから見える景色へと目を移す。

露台からは王城を囲む街並みと港湾、それから地平線まで広がる海が一望できた。

太陽はまだ出ておらず雲は薄い夜色をしていたが、空は澄んだ青色をしている。

耳をすませば、波の音が聞こえそうだ。

「綺麗《きれい》ね……」

内陸国で生まれ育ったカティアは、この国に来るまで海を知らなかった。

とんでもなく大きな湖のようなものだと地理の教師は言っていたが、とんでもない。

こんなに大きく美しいものを知らずに生きてきた自分が恥ずかしい。

白く明るんだ地平線を見つめるカティアに、ロルフィーが小さく笑った。

「まだだ。見てろ」

「まだって……何が？」

カティアは首を傾げたが、ロルフィーは楽しそうに笑うばかりで答えてくれない。

（何なのかしら？）

不思議に思いながら、カティアは大人しくその時を待った。

しばらくして、地平線が滲《にじ》むように赤く染まり始める。

「そろそろだ」

ロルフィーがそう言うのと、カティアが驚きで目を見開くのはほぼ同時だった。

夜色をしていた雲が、朝日を浴びて薄い紫色に染まり始めたのだ。

澄みわたった青い空を背景に、雲が赤紫から薄紫へと見事な濃淡を描く。

海はまるで鏡のように、その美しい色彩を鮮やかに映し出した。

「すごい……」

まるで夢のようだ。

呆然《ぼうぜん》と呟《つぶや》いたカティアに、ロルフィーは満足げだった。

「これが見られるのは、この季節の夜明け前の一瞬だけなんだ」

それから彼は少し悪戯っぽく目を細める。

「実はこれを見せたくて、無理を言って婚礼を早めてもらった」

「え？」

カティアは目を剝いてロルフィーを見た。

婚礼の時期については、婚約した当初に大まかなことは決まっていた。けれど半年ほど前に、予定を少し前倒ししたいとエドライド側から申し入れがあったのだ。

その理由は明確ではなかったが、花嫁衣装をはじめとする婚礼の準備は既に整っていたのでカティアの父王は問題ないだろうと二つ返事で応じることにした。『そなたの婚約者殿は花嫁が待ちきれないらしいな』と父が笑っていたのを覚えている。

カティアは『まさか』と笑って返した。国家行事がそんな私的感情で左右されるわけもない。何か政治的な理由があるのだろう。そうカティアは思っていたのだが、そのまさかだったらしい。

「そんな理由で?」

「カティアに早く会いたかったというのもある」

おどけて笑ったロルフィーの目は、夢のように美しい空と海の色に酷似していた。水晶にも花にも例えられないと思った彼の目は、暁の空と海の色だったのだ。

「俺と結婚してくれてありがとう」

そんなことを改めて言うロルフィーは本当に嬉《うれ》しそうな顔をしていて、カティアは急に恥ずかしくなってしまった。

政略結婚のはずだったのに、そんなこと忘れてしまいそうだ。

「そんな……」

「幸せにする」

ロルフィーの唇が、カティアのそれに優しく重なった。

「ロルフィー……」

「必ず、幸せにするよ」

＊

高価な硝子がはめ込まれた大きな窓の外は暗闇で、絢爛《けんらん》な飾りのついた燭台《しょくだい》には既に火が灯っていた。

磨き抜かれた大理石の廊下を、ロルフィーは無言で奥へと進む。

エドライド王国の中枢たる王宮――昼間は人で溢《あふ》れかえるその廊下も夜となっては定刻に衛兵が見回るのみで、他に人影はない。

数歩後ろを何とも言えない顔で付き従っていたルイスが、歯切れ悪く切り出した。

「まぁ、その……元気出してくださいって」

「黙れ!!」

振り返りざまに、ロルフィーは怒鳴った。

「お前に何が分かる!?　知ったような口をきくな!!」

八つ当たりをしている自覚はあった。ルイスが心配してくれていることも分かる。

だが、自分で自分の苛立ちが制御できない。

――本当に、微かな希望だった。

アニはロルフィーの娘なのではないか。目の色が紫ではないのは何かの間違いで……。

そんな微かな希望。

いや、願望と言うべきか。

そうであって欲しかった。そうであってくれたならと、どんなに願っただろう。

けれどカティアはアニの父親は死んだと言った。死んだその男以外に、誰がいるのかと。

(だからって……っ)

得た答えが欲しかった答えと違ったからと言って、あんなことをしていいはずがない。

無理矢理奪った。

カティアの意志など無視して、捻じ伏せるようにして抱いた。

しかも得られたのは刹那の快楽だけで、心の渇きはむしろ深刻化している。

死んでしまいたいほど深い後悔で、ロルフィーは息も絶え絶えだった。

そんなロルフィーを、ルイスが気の毒そうに見やる。

「まぁ、ちょっと落ち着いて下さいよ。こういう時はとりあえず美味いもん食って酒でも……」

「お帰りなさいませ、陛下」

その声を耳にし、ロルフィーは反射的に身構える。

祖父にして宰相のウィルダーンだ。

白い髪に、糸のように細く垂れた目。好々爺《こうこうや》然としたその笑顔をロルフィーは冷たく一《いち》瞥《べつ》した。

「お祖父様にわざわざお出迎え頂けるとは光栄です。随分とお暇なようだ」

必要以上に丁寧な言葉づかいで線を引き、関わることを拒絶する。

そのまま足早に通り過ぎようとしたロルフィーに、ウィルダーンは尚も話しかけてきた。

「一体どこへ行っていたのです？　なかなかお帰りにならないので心配いたしました」

「俺がいない方が何かとやりやすいのではないか？」

「何を言われます。陛下には大人しく玉座に座っておいて頂かねば困ります。そしてどうぞ私に早くひ孫を見せて下さい」

大理石の床にカツンと靴音を響かせ、ロルフィーは立ち止まる。

ゆっくり振り返った先にいる祖父という名の敵を、王統の証である紫の瞳で睨《にら》んだ。

「まるで俺を種馬のように言うんだな」

殺気すらこもるその目に、大抵の者は怯《おび》えて竦《すく》み上がるだろう。

だがウィルダーンは怯えるどころか、歯牙にもかけない様子だ。

「おや。そう聞こえましたか」

重い瞼《まぶた》の向こうでニタリと笑う濁った目には、ロルフィーへの嘲りが滲んでいた。

あけすけな物言いも、ロルフィーの怒りをわざと煽《あお》っているとしか思えない。

握り締めた手が、怒りで震えた。

すぐ後ろで、ルイスが小声で囁《ささや》く。

「陛下。落ち着いて下さいよ」

「……分かってる」

もし安い挑発にのってウィルダーンに切りかかろうものなら、ロルフィーはたちまち気が触れたと騒がれそれを理由に議会から王位を取り上げられる。そしてウィルダーンの息がかかった王族の誰かが、新たな傀儡《かいらい》として王位につくのだ。

そんな暴挙を許してしまうまでに、ロルフィーが持つ王権は脆弱《ぜいじゃく》だった。

ちょうどその時、廊下の奥に鮮やかな赤いドレスを着た若い娘が姿を見せた。

「ロルフィー陛下！」

艶がある栗《くり》色の髪を揺らして駆けて来た彼女は、ロルフィーの前で優雅に膝を折る。

従妹のスティーネだ。

「どこに行っていらしたの？　今日はお茶をご一緒して頂ける約束でしたのに」

わざとらしいほど朗らかな笑顔から顔を背け、ロルフィーは足を踏み出した。約束などした覚えはない。

「陛下⁉」

「陛下は所用がありますので」

追いすがってくるスティーネの前に、ルイスが立ち塞がる。

「邪魔をしないで！　私は陛下の婚約者よ！　陛下酷いわ！　約束したのに‼」

途端に涙ぐみ、しゃくりあげ始めるスティーネに、ルイスがギョッとして後ずさる。

その気配を背中に感じ、ロルフィーはうんざりした。

（また始まった）

幼い頃から、スティーネは泣けば物事が思い通りになるのだと思っていて、何かといえばすぐに泣く。

我儘《わがまま》で甘ったれなこの従妹が、ロルフィーは有体に言って大の苦手だった。

子供のように手放しで、スティーネは叫ぶ。

「陛下ったら酷いわ！　こんなに私が陛下を愛しているのに！　私達結婚するのに！」

議会の満場一致でスティーネが新たな王妃に内定したのは半年前だ。ウィルダーンが裏で手を引いていただろうことは言うまでもない。

次の春にはロルフィーは彼女を妃に迎えなければならなかった。

エドライド王家の血統を次代に繋《つな》ぐことは、王としての義務。だが王としての権利をウィルダーンに奪われているというのに、何故義務ばかりを真面目に全うしなければならないのか。

「スティーネ。陛下はお疲れのようだ。話はまた明日にしなさい」

ウィルダーンが孫娘に優しく語りかけ、スティーネがそれにしゃくり上げながら答えた。

「でも、縫いあがった花嫁衣装を見て頂きたかったの……アグズバルンから取り寄せた最高級の絹で仕立てたんですのよ」

「おお、それは楽しみだ。花嫁姿のお前はきっと輝くように美しいだろう」

背中にウィルダーンの絡み付くような視線を感じたが、ロルフィーは振り返らなかった。

「本当に――楽しみだ」

ウィルダーンの言葉が、意味ありげに鼓膜に響く。

その不気味な響きに、ロルフィーは奥歯を噛《か》み締めた。


暖かな日差しが降り注ぐある日の昼過ぎ。

「やあだー!!」

アニの絶叫が炊事場の裏に響き渡る。

「いやー!!　水浴びいやー!!」

「ダメよ。今日はちゃんと洗わないと!!」

暴れるアニを、カティアは必死に押さえつけた。

幼い子供が水浴びを嫌がるのはままあること。けれどアニは、それほど水浴びが嫌いなわけではない。むしろ以前は水が溜《た》まった桶《おけ》に花びらや葉っぱを浮かべて楽しんでいたのだ。それがどうしたことか、このところ頻繁に水浴びを嫌がり服を脱ぐことすら拒絶する。

お気に入りの人形と一緒に水浴びしようと誘ってもダメ。

水が冷たいせいかと思ってお湯を用意してもダメ。

せめて濡《ぬ》れた布で体を拭わせてほしいと頼んでも、それすらも拒む。

かと思えば、素直に応じて水浴びを楽しむ日もあるのだ。

結局は子供の気まぐれなのかもしれない。

もう少し大きくなればこんなこともなくなるだろうと、アニが水浴びを嫌がる日は顔や手足を拭うだけに留めて様子を見てきた。

ところが今回の『水浴びいや』は随分と長引いて、既に四日目だ。汗をかく季節ではないとはいえ、さすがに限界である。

「ねえ、アニ。綺麗にしたら気持ちいいよ？」

カティアの隣でミランダも宥《なだ》めにかかったが、それでもアニは大人しくしてはくれなかった。

「いやったらいや！」

「あ！　こら、アニ！」

「アニ！」

カティアとミランダの手を振り払い、アニは一目散に逃げ出した。

なすすべもなく小さな背を見送るカティアの耳に、厳しい言葉が飛びこんできた。

「あなたは子供一人すらまともに育てられないのですか？」

振り仰いだ先にいたのは、眉をひそめたローサだ。

いつからそこにいたのだろう。カティアは慌てて立ち上がると、背筋を伸ばして頭を下げた。

「お、お騒がせして申し訳ありません」

「全くです。水浴び一つさせられないなんて、甘やかし過ぎなのではないですか？　まともに身繕いもせずに巡礼者の方の目にとまるようなことがあればどうするのです。我が修道院の恥になるようなことは困ります」

「すみません……」

カティアは体を小さくして謝った。

そんなカティアの姿を横目に、井戸から汲《く》んできた水を水甕《みずがめ》に移していた修道女達がクスクスと笑い合う。

「躾《しつけ》は無理でも男の誘い方なら教えてあげられるんじゃない？」

「国王陛下を手玉にとった悪女だものね」

ミランダが途端に眉を吊《つ》り上げる。

「ちょっと‼　何てこと言うのよ⁉」

「何よミランダ。あんた、よくそんな女の味方が出来るわね」

「その悪女が国王陛下に何をしたか知らないわけじゃないでしょう？」

「静かになさい‼　みっともない‼」

ミランダ達の言い争いを厳しく叱責したローサは、指先でこめかみを押さえて苛々とした様子でカティアを見やった。

「ああ、頭が痛い。あなた方親子のせいで煩わしいことばかりです。少しくらい周りの迷惑を考えて遠慮するなりしたらどうなのです？」

彼女が何気なくしているだろう仕草や表情を見て身が竦んでしまうのは、もはや条件反射である。カティアは逃げるように目を伏せ、謝った。

「すみません」

「謝ればすむと思っているのですか？」

冷たく鋭い眼差しで、ローサがカティアを見下ろす。

だがカティアは更に謝った。

「すみません」

謝る以外にカティアに出来ることはないのだ。

「……いつまでこんな汚らわしい罪人をこの修道院に置いておかなければいけないのかしら」

大きく溜息をついて、ローサは身を翻す。

彼女が行ってしまうと、周囲でなりゆきを見物していた修道女達も、それぞれの持ち場に戻って行った。

小鳥の囀《さえず》りが聞こえるほどにその場は静かになり、ミランダがぽつりと呟く。

「カティア。ごめん」

ばつが悪そうなミランダに、カティアは微笑んだ。

「ううん。私の為に怒ってくれてありがとう」

「でも、何か結局カティアがローサ様に怒られちゃったし」

「いいのよ。それはいつものことだもの」

ズキリと、鳩尾《みぞおち》が痛んだ。

「……っ痛」

思わず手で鳩尾を押さえ、屈み込む。

「カティア？　カティアどうしたの？」

蹲《うずくま》るカティアの背に、ミランダが焦ったように手を添える。

「ミランダ……」

「どうしたの？　顔色が悪いよ？」

差し出された手に摑《つか》まり、何とか立ち上がった。

「大丈夫。ちょっと立ちくらみ」

適当に誤魔化したが、とても大丈夫ではなかった。

(何だか、だんだん痛みも頻度も増してきている気がする……)

医者に診てもらった方がいいのかもしれないが、ローサがカティアの為に医者を呼んでくれるとは到底思えない。

下手に騒いでアニやミランダに心配をかけるよりは、何か仕事をして痛みを紛らわせていた方がマシだ。

「アニを探さなきゃ。ローサ様に言われたからってわけじゃないけれど、今日こそあの子に水浴びさせたいもの」

「う、うん……」

心配げなミランダに笑いかけ、カティアは歩き出す。
その足は裏庭に向かっていた。
きっとアニは、また裏庭でロルフィーの訪れを待っている。
「……」
足が、歩みを止める。
白い雲が泳ぐ空を、ぼんやりと見上げた。
(アニに、言わないと……)
彼を待っても無駄だ。ロルフィーは、もう二度とここへは来ない。
もう彼は『訊《き》きたいこと』の答えをカティアから聞いたのだから。
その答えに彼は傷つき、そして憤った。
だから、仕返しとでもいうように、あんなことをしたのだろう。
不意に風が吹き、ベールから零れた後れ毛を揺らす。
それがロルフィーに頬を撫でられた感触に似ている気がして、カティアは俯《うつむ》いた。
〝カティア……っ〟
耳に吹き込まれた甘い声を思い出すと、身体が熱くなる。
(あんな場所であんなことになるだなんて)
粗末な物置小屋での情事は、この数日カティアの心と思考を苛んだ。
早く忘れなければ。

彼と会うことも、彼に抱かれることも、もう二度とないのだから。

けれど忘れようと思えば思うほど、夜ごとに飢えを自覚した。

もう一度、彼に会いたい。抱きしめて欲しい。

(こうなることが分かっていたから……)

だから拒んだのに、拒みきれなかった。

「カティア？　どうしたの？　やっぱり具合が悪いの？」

「う、ううん。大丈夫」

追いかけてきたミランダに、カティアは曖昧に首を振った。

早くアニを探さなければ。

「アニ？　アニいないの？」

裏庭には、一見誰もいないように見えた。

裏門も閉まっている。

それは当たり前なのに、何故か妙に落胆してカティアは密かに自嘲する。一体自分は何を期待しているのだろう。

「カティア。私、ちょっとそっち見てくる」

「ええ、お願い」

それほど広くはない裏庭だが、子供が隠れることが出来る場所は多い。

木陰や物置小屋の影を、カティアは一つ一つ見て回る。

小屋の中を覗《のぞ》く時は、少しだけ躊躇《ちゅうちょ》した。淫らな記憶に懸命に蓋をして扉を開いたが、中には割られた薪が積まれているだけだった。

「どこに行ったのかしら……」

「カティア！　カティアいたよ‼」

ミランダの声に、カティアはホッと胸を撫で下ろす。

物置小屋を出ると、少し離れた木陰からミランダが手を振っているのが見えた。

「こっち！」

「今行くわ」

アニがいたのは大きな木の根元だった。蔦《つた》の葉が生い茂って垂れ下がり、そこに紛れるように隠れていたのだ。

「水浴びいやぁ」

涙目でプルプルと首を振るアニを、カティアは抱き寄せる。

「そんなこと言わないで」

「お水遊び好きでしょう？」

横からミランダに問われて、アニは鼻を啜《すす》り上げた。

「……好き」

「じゃあ、何が嫌なの？」

「……ぬぐのがいや」

「脱ぐのが？」

カティアは目を瞬かせる。

そう言えば、朝夕に着替える時も、『目を瞑《つぶ》ってて』とカティアに見られるのを嫌がる。

「どうして？　恥ずかしい？」

「……」

黙りこんだアニに、カティアは胸騒ぎがした。

母親の勘というのだろうか。

アニを押さえつけ、首元の釦《ボタン》をはずす。そうして襟足を引っ張るようにしてアニの背中を覗き込んだカティアの顔から、さっと血の気が引いていく。

「やだあ!!」

「……っアニ、これ」

嫌がって逃げ出そうとするアニの両肩を、カティアは揺するようにして摑んだ。

「いつから⁉　誰に⁉」

「うえええんっ!!　見ちゃだめえ!!」

カティアの剣幕に、アニが泣き出す。

けれどカティアは追及をやめられなかった。

「泣いてちゃわからないでしょう⁉　誰にされたの⁉　アニ!!」

「ちょ、ちょっと。カティア」

ミランダが慌てて止めに入った。

「どうしたの？　そんな大声出さなくても」

「アニの背中に……」

「え？」

怪訝《けげん》な顔をして、ミランダもアニの背中を覗き込む。そして彼女の顔も一瞬にして青ざめた。

「これ……叩《たた》かれた痕？　こんな、痣《あざ》になるほど叩くなんて」

アニの背中に広がる赤黒い痣は一つではなかった。

何度も叩かれたのか、中には手の痕がくっきり残っているものもある。

これを見せまいと、アニは水浴びや着替えを見られるのを嫌がったのだ。

「誰に叩かれたの⁉　どうして何も言わなかったの⁉」

「……か、母さまが……ないちゃうから」

しゃくり上げながら途切れ途切れに訴えるアニに、カティアは言葉を失う。

「そんな……」

カティアが悲しむと思って、黙っていたというのか。

どうして気付かなかったのだろう。

（痛かっただろうに……っ）

こんな小さな子供に我慢させて、自分は何をしていたのか。暢気《のんき》にかまえていた自分をひっぱたいてやりたかった。

「カティア。とにかく部屋に行って、怪我の様子を見よう」

「そうね……」

涙を堪えて、カティアは頷《うなず》いた。ミランダの言う通り、泣いている場合ではない。

アニを抱えて部屋に戻る途中。カティアはそっとアニに囁いた。

「アニ。もしね、またあなたを叩いてくる人がいたら、母様に教えて」

「……でも」

涙に濡れる空のように青い目を優しく見つめて、カティアは微笑んだ。

「アニが言ったように、あなたが痛かったり苦しかったりすると母様は悲しいわ。でも、アニが一人で泣いているのはもっと悲しいの」

つらいことを教えて欲しい。

苦しいことを教えて欲しい。

その痛みごと、抱きしめさせて欲しいのだ。

カティアの言いたいことが果たして小さなアニに本当に通じたのかは分からない。けれどアニはしゃくりあげながらも頷いた。

「……分かった」

「……アニ。アニを叩いたのは、ローサ様？」

「……」

叱られたかのように目を伏せて、アニはまた頷いた。

「……そう」

以前、アニがローサを避けるような様子を見せたことが気にはなっていたのだ。

「アニがいけないの。アニはしつけがなってないんだって。だからローサさまは叩かなきゃいけないんだって」

「……」

悔しさで、目の前が明滅する。

何が躾だと、ローサの部屋に怒鳴り込んでやりたかった。

でも、それは出来ない。

ローサを敵に回せば、この先この修道院がさらに居づらい場所になるだろうことは目に見えている。そうなれば今以上にアニにつらい思いをさせてしまうかもしれない。だからと言って、このままローサからの暴力を見過ごしていいはずがない。

どうにかしなければとカティアは考えを巡らす。けれど名案は浮かばず、唇を噛んだ。

自分が情けなくて堪らなかった。

(私が、弱いから)

だから、アニはカティアに何も言えなかったのだ。

カティアに言ったところで、カティアが何も出来ないことをアニはわかっている。

苦しませるだけなら言わない方がいいと――。

〝どうして何も言わないんだ？　答えろカティア〟

突然鼓膜に蘇《よみがえ》ったその声に、カティアは目を見開いた。

（私……）

足を止める。

「カティア？　どうしたの？」

「母さま？」

「……」

ミランダとアニが心配そうに声をかけてきたが、カティアは何も答えられなかった。

（私、間違っていたのかもしれない）

その時、突然けたたましい叫び声が修道院の中に響き渡った。

「何？」

アニが怯えて、カティアに縋《すが》り付く。

静謐《せいひつ》を美徳とする修道女が悲鳴を上げるなんて、よっぽどのことが起きたに違いない。

「私、ちょっと見てくる！」

「ミランダ⁉」

駆け出したミランダは、振り返ることなく行ってしまった。

（どうしよう）

何があったかは分からないが、ミランダ一人を行かせてはいけない気がする。

カティアは急いで部屋まで戻り、粗末な寝台の下にアニを押し込んだ。

「母さま……」

「様子を見て、すぐに戻って来るわ。それまでここに隠れていてね？」

「うん」

不安そうなアニを残していくのは可哀想だが、ミランダのことが心配だ。

部屋から出ると、カティアは走り出す。

暗い廊下の角を曲がってしばらく走った先で、また悲鳴が聞こえた。ミランダの声だ。

「誰か!!　誰か来て!!」

その悲鳴を頼りに駆けつけてみれば、老齢の修道女が石の床に座り込んでいた。

「どうしたんです!?」

「ふ、不届き者が……」

老女が震えながら指差す部屋は、普段は使わない特別な祭具や祭壇布を保管する聖具室だ。

そこではボロ布を巻いて顔を隠した男が棚の引き出しや櫃《ひつ》を開けて、中を物色していた。

（もしかして、噂《うわさ》の!?）

対岸の村に物盗りがでたという噂を聞いたのはいつだっただろう。

「お偉いさんから寄付金をもらってる修道院だってお前が言うから期待したのに、何にもねえぞ」

男は櫃から取り出した道具を眺め、舌打ち気味に放り投げた。

もう一人の男が、下卑た笑い声で仲間に答える。

「まぁ、そう言うなよ。礼拝堂に行きゃ銀製品の一つや二つあるだろ。それに見ろよ。この女」

その男に羽交い絞めにされていたのはミランダだ。

「は、放して!!」

「若くて健康な女はいい売り物になるぜ。修道院だっていうから婆さんしかいないと思っていたが——」

男は振り返り、カティアを見るとニヤリと笑った。

「思わぬ収穫だ」

「こ、ここは神聖な場です！　天罰が下りますよ！」

カティアは恐ろしさを押し殺し、男達を糾弾した。

しかし彼らは慌てる様子もない。修道女が集まってきたところで、騒ぐのが関の山と思っているのだろう。この分では警備の兵がいないことも知っているようだ。

「いい女だ」

「こりゃ高値がつくぜ」

人間を売るなど、まさに神をも恐れない所業だ。

カティアは年老いた修道女を何とか助け起こすと、彼女を背後に庇《かば》って男達を睨みつけた。

「ち、近づかないで！　無礼者！」

「ははは！　無礼者だってよ」

「尼さんごときがお高くとまってやがる」

せせら笑いながら、彼らはにじり寄ってくる。

背中を、冷たい汗が滑り落ちた。

（どうすれば……）

逃げたところで、すぐに捕まるのがおちだ。

かと言って剣も持てなければ体術も学ばなかったカティアが、男達に対抗できるわけもない。

振り返ることなく、カティアは囁いた。

「私が気をひくので、その隙に逃げて下さい」

「で、でも」

老齢の修道女は怯えて震えている。けれど彼女を優しく誘導する余裕はカティアにはない。何とか自力で逃げてもらわなければ。

「いいですね？」

老齢の修道女が、微かに頷く気配がした。

「おい。何をこそこそ喋《しゃべ》ってやがる。こっちに来い」

ミランダを抱えていた男が、カティアに向けて手を伸ばす。その脇腹へ、カティアは突進した。

まさか体当たりされるとは思っていなかった男は驚いてよろけ、そのまま勢いよく尻餅をつく。

「行って!!」

男と共に転がったミランダと、そして老齢の修道女に、カティアは叫んだ。

「早く!! 逃げて!!」

「待ちやがれ!!」

もう一人の男が逃げ出したミランダ達を追いかけようとしたが、廊下は細く、カティアに体当たりされて転がった男で塞がれている。

「こいつ!!」

起き上がろうとする男に、カティアは歯を食いしばってしがみつく。

少しでもミランダ達が逃げる時間をつくらなければ。

「どけ!!」

男がベールごとカティアの頭を掴んだ。短い髪が露わになる。

短い髪の意味を知らない者はいない。それは夫を裏切った女の証。

国によっては聖職者や未亡人も髪を切るそうだが、少なくともエドライドでは職業や年齢に関わらず、女であれば誰しも髪は長い。もちろんここにいる修道女達も同様だ。

（私は売り物にはならないはずだわ）

髪が短ければ女としての価値は低いとされるだろうし、体が細く力が弱そうに見えるカティアでは単純な労働力としての価値もないとされるだろう。

きっと男達はすぐにカティアに対する興味をなくすはずだ。売り物にならないことを怒って殴る蹴るくらいはするかもしれないが、殺されることはないだろう。

ところが、男達はカティアの細い手首を掴んでひっくり返すと、冷たい石の床の上に仰向けになったカティアを見下ろし下卑た笑いを目元に浮かべた。

「そういや村の連中がここには元王妃がいるらしいって言ってたな」

「でまかせだと思っていたが、思わぬ収穫だ。噂に聞く悪女様にお目にかかれるとはな」

大きくて汚れた手が、カティアの太腿《ふともも》を撫で回した。

その手つきに、カティアはようやく自分の考えが甘かったことに気が付く。

それまでとは比べ物にならない恐怖に襲われ、喉から悲鳴がせり上がる。

「やめて!!」

衣服をはぎ取ろうとする男達に、カティアは必死に抵抗した。

こんな男達の慰み者になるのは嫌だ。

「いや!!　放して!!」

「暴れるな！　おい、足押さえろ！」

「くそ！　この女！」

どこに隠し持っていたのか、男の一人が短剣を取り出し鞘《さや》から抜くと、それをカティアの目前に突き付けた。

カティアは息を呑み、叫ぶのをやめる。

「大人しくしろ‼　殺されたいのか⁉」

その一言で、混乱していた頭が逆に冷静になった。

(死ねない)

脳裏にアニの姿と、そして生まれたばかりの赤ん坊の姿が過る。

もし自分が死んだら、残された子供達はどうなるのだ。

(何があっても、死ねない)

身体を弄ばれ、誇りを傷つけられようと、死ぬわけにはいかなかった。

そもそも、守るほど立派な誇りが何処にある。

カティアの誇りなど、とっくの昔に地に落ちて踏みにじられ、今や泥だらけではないか。

最愛の夫に髪を切られ、王妃の座を追われ、悪女と蔑まれて——それでも耐えて生きてきた。

それは何の為だ。

(今度だって……耐えられるはずよ)

男達から目を逸らすように横を向くと、カティアは強張っていた手足から意識して力を抜いた。

抵抗をやめた獲物に、男達は舌なめずりする。

「物わかりがいい女だ」

「さすが悪女様はそこらの女とは違う」

大きな体が覆いかぶさってきた。

太い指が肌を弄《まさぐ》り、首元に荒い息がかかる。

嘔吐《おうと》をもよおすような不快感。

覚悟したはずなのに、溢れる涙を止められなかった。

「——ロ……ル、フィー」

震える唇で、その名を呼んだ。

声は届かないと分かっている。呼ぶ資格が自分にはないことも承知の上だ。

それでも、呼ばずにはいられなかった。

「ロルフィー……っ」

「あ？　何か言ったか？」

「おい、何やってんだ。さっさと脱がせろ」

苛々と急き立てるもう一人の男の背後。

そこに、影が揺れた。

「——どけ」

呻《うめ》くような低い声と共に、カティアに馬乗りになっていた男の首筋に、背後から冷たい刃があてられる。

首の皮を薄く切られ、男は青ざめて悲鳴を上げた。

「ひいい⁉」

「だ、誰だ⁉」

その人を男達の肩ごしに仰ぎ見たカティアは、涙に濡れた目を大きく見開いた。

「ロ……ルフィー……？」

信じられなかった。だが、その至高の紫を見間違うはずがない。

第五章　国王の滞在

白く煌《きら》めく長剣を汚らわしい男の一人に突き付けているのは、間違いなくロルフィーだった。

「こ、国王？　まさか」

「どうして国王がこんなところに……」

男達はロルフィーの目を見て、目の前にいるのが誰かをすぐに悟ったようだ。

神をも畏れない彼らを委縮させるほどに、ロルフィーが纏《まと》う殺気は凄まじかった。

「聞こえなかったか？　――どけ!!」

空気が震えるほどの恫喝《どうかつ》と同時に、ロルフィーは剣を斬り上げる。

「ぎゃああ!!」

辺りに血飛沫《ちしぶき》が散った。

「耳が!!　耳が!!」

両手で耳を庇《かば》いながら床の上に転げまわる男から、カティアは這《は》うようにして距離を置く。

まくられた裾を戻し、袖ぐりを破られて露わになった肩を手で庇った。

「うわあああ!!」

たまらず逃げ出したもう一人の男を、ロルフィーは素早く追いかけ斬りつける。

また血が飛び散り、絶叫が響いた。

「痛え!!　痛ええ!!」

足を斬られた男はその場に蹲《うずくま》り、痛みに悶《もだ》えて泣き叫ぶ。

それを見下ろすロルフィーの背後に、耳を斬られた男が短剣――カティアを脅したあの短剣だ――をかまえ、よろめきながらも突進した。

「危ない!!　ロルフィー!!」

思わず、カティアは声を上げた。

とてもではないが敬称を使う余裕はない。ロルフィーに危険を報せなければと、無我夢中だった。

背後を狙われた形になったロルフィーだが、慌てる様子もなく身を翻し、剣の柄で男の後頭部《こうけい》を殴打した。

白目を剝いて、男が倒れる。

急に静かになった。

足を斬られた男の情けない啜《すす》り泣きが聞こえるばかりだ。

「抵抗くらいしろ！」

その怒鳴り声に、壁に縋《すが》るようにして座り込んでいたカティアは肩を震わせた。

ロルフィーは重そうな長剣を鞘《さや》におさめることも、カティアを振り返ることもしない。

身の内に渦巻く激しい怒りを持て余し、はけ口を求めているのが見てとれた。

「どうしてされるがままになる⁉　こんな男達に好き勝手されてもよかったのか⁉」

この糾弾に、カティアの頭は真っ白になった。

「そんなわけ……そんなわけないじゃない‼」

カティアは大声を張り上げて反論した。

自分でもびっくりするほどの声だ。こんな大きな声が出せたのか。

ロルフィーも、カティアを振り返った。瞠目《どうもく》し、驚いたような表情だ。

「カティア……」

「嫌に決まってるじゃない！　こんな男達に好き勝手にされてもいいだなんて……よくそんなひどいことが言えるわね‼」

また涙が溢《あふ》れてくる。

怖かった。悔しかった。

でもそれ以上に、カティアは憤っていた。

「だけど抵抗すれば殺されるかもしれなかったのよ⁉　それでも抵抗しろというの⁉　私が王妃なら、そうすべきだったのかもしれないわ！　命よりも誇りを選んで、舌を噛《か》んだでしょう！　でも私はもう王妃じゃないの‼」

なりふりかまわず、カティアは叫んだ。

この四年――耐えて耐えて、ずっと耐えてきた。

その鬱憤が、ロルフィーの心無い一言で爆発してもはやカティア自身にも収拾がつかない。

いや、きっと彼以外の誰かに言われたのなら、カティアは俯《うつむ》くだけだった。

ロルフィーだから、ロルフィーが相手だったからこそ、ようやく感情を吐き出せたのだ。

「カティア……」

ロルフィーは戸惑っているようだった。

それも当然だろう。カティアがこんなふうに泣くのを、彼は初めて見るはずだ。

まだ夫婦だった頃、カティアはロルフィーを心配させたくなくて、つらいことがあっても彼に涙を見せないようにしていたのだから。

彼の手から滑り落ちた長剣が、重い金属音を響かせて床に転がった。

手放しで泣き叫ぶカティアの前に、ロルフィーは途方に暮れた顔で両膝をつく。

「カティア。すまない。俺が悪かった。頭に血が上って……」

「死ねばよかったっていうの⁉　子供の為に生きていたいって思うことの何がいけないのよ‼」

「お前の言う通りだ、カティア。お前は何も悪くない。悪いのは俺だ」

気が付くと、カティアはロルフィーの腕の中にいた。

「許してくれ、カティア。あの男達がお前に触れたことが許せなかったんだ。それなのに、あいつらにぶつけるべき怒りをお前にぶつけてしまった。すまない。本当に……」

耳元で繰り返される真摯な謝罪に、凝り固まった心が解き解れていく。

痛いほどの力で抱きしめられ、息もできない。

それなのに、苦しいと思うどころか心地良かった。

この温もりを、匂いを、心臓の音を知っている。

自分があるべき場所にようやく帰ってきたのだと、安堵《あんど》すらした。

そうすると、恐怖とも怒りとも違う温かな涙が、頬を滑り落ちる。

（ああ……）

カティアは目を閉じた。

こうしていると、十六歳に戻ったような気がする。

ただただロルフィーが好きで、それだけで幸せだった頃。

けれど、それは一瞬の錯覚だった。

「これは……どういうことです⁉」

ローサの金切り声に、カティアは現実に引き戻される。

目を開けると、恐ろしい顔をしたローサとミランダをはじめとする数人の修道女がアニと、それから何故か全身ずぶ濡《ぬ》れのルイスと一緒に立っていた。

「母さま‼」

ルイスと手を繋《つな》いでいたアニが彼から離れると、泣きそうな顔でカティアに抱きついた。

「母さまどうしたの？　何で泣いてるの？　どこか痛いの？」

「アニ」

視界を塞ぐようにカティアはアニを抱きしめた。血みどろで転がる男達を見せたくなかったのだ。

「大丈夫よ。どこも痛くないわ」

「あのね。アニ、ちゃんと隠れてたよ？　でも母さまが心配でお部屋から出ちゃったの、そしたらルイスがいたの」

「そう……いい子ね」

不安だったのだろう。アニはカティアの胸に顔を押し付けて上げようとしない。

「どういうことです⁉　神聖な修道院で異性とだ、抱き……」

カティアに詰め寄るローサの前に、ロルフィーが立ち塞がった。

「何に目くじらを立てているのか知らんが、後にするんだな」

彼はそう言いながら、纏っていた外套《がいとう》を脱いでカティアの肩に羽織らせてくれた。

見上げるほどに高いロルフィーの身長にローサはまず気圧され、次いでその瞳の色に気付いて瞠目する。

「ま、まさか……！　国王陛下でいらっしゃいますか⁉」

ローサの声に、周囲にいた修道女達がざわついた。

「国王陛下？」

「本物？」

「本当に紫の目だわ」

そのざわめきを無視して、ロルフィーは自らの護衛騎士を呼んだ。

「ルイス。そちらはどうだった」

「ざっと見て回っただけですが、他に侵入者はいないようです。もっとも、俺が侵入者扱いされましたがね」

ルイスは苦笑しながら両手を広げ、ずぶ濡れの自らの惨状をロルフィーに示した。

どうやら修道女の誰かに水をかけられたようだ。世間から隔絶した生活を送り異性と交流する機会も少ない修道女が、突然現れたルイスを侵入者と勘違いしたとしても無理はないのかもしれない。

ルイスは血だまりに蹲って涙を流す男を見下ろし、腰に手をやる。

「最近ここらを荒らしているっていう物盗りでしょうね。修道院に侵入するなんて、罰当たりな奴らだ」

「縛り上げて海に沈めろ」

真顔で命じたロルフィーに物盗りの男は震えあがったが、ルイスは明るく笑い飛ばす。

「お気持ちは分かりますが、聞かなかったことにしときます。誰か、縛る物ないかい？」

ルイスは傍にいた修道女から縄を貰《もら》い、男達を縛り始める。ロルフィーはそれを不服そうに眺めていたが、何も言わなかった。

「あ、あの、国王陛下……」

遠慮がちに声をあげたローサに、ロルフィーはようやく気付いたという様子で向き直る。

「ここの責任者はあなたか？」

「は、はい。ローサと申します」

ローサは慌ててその場に跪《ひざまず》き、それに倣って修道女達も膝を折る。

ロルフィーはローサを静かに見下ろすと、淡々と言った。

「勝手に院内に立ち入ったことを詫《わ》びる。悲鳴が聞こえた故、ただ事ではないと思ったのだ。すまなかった」

「とんでもないことでございます。陛下がいなければ、この修道院は今頃どうなっていたか……ですが、どうしてこちらへ？」

カティアも、顔を上げてロルフィーの顔を窺《うかが》った。

何故ここに彼がいるのだろう。もうカティアに用はないはずだ。それなのに……。

「視察の帰りに立ち寄ったに過ぎん。馬が疲れていて、休ませるところが欲しかったのだ」

ロルフィーはローサに背を向け歩き出すと、床に落としたままの長剣を拾い上げて鞘におさめる。

（視察……？）

そんなはずはない。

国王が王宮の外に出る時は使う道や休憩場所まで決めた上で事前に騎士が警備に派遣され、国王自身は馬車で移動する。

だが見たところ、またしてもルイス以外に護衛はいない。ロルフィーはまた王宮を抜け出してきたのだ。

そんな内情に気付くふうもなく、ローサは納得して頷《うなず》いた。

「そうでしたか。では飼葉と水を用意いたしましょう」

「頼む。それから、しばらくこちらに逗留《とうりゅう》することにした」

想像もしなかったその言葉に、カティアは思わず耳を疑う。

（……え？）

顔を上げると、ローサをはじめその場にいた誰もが言葉を失った様子で固まっていた。

ローサに至っては、完全に泡を食っている。

「と、逗留？　ど、どういうことです？　ここには陛下をお迎えできるような用意は……」

「巡礼者は男女問わず受け入れるのだろう？　彼らにするように凍えぬ部屋と飢えぬ程度の食事をほどこしてくれればいい。身の回りのことは自分でできる。特別な歓待は無用だ」

「ですが……」

「ルイス」

物盗りの男を縛り上げていたルイスは、ロルフィーに呼ばれると向き直って跪いた。

「はい？」

「近くに駐在している騎士団に行って、適当に何人か連れてこい。ここは警備が薄すぎる」

「俺がいない間、誰があなたの警備を……って、まあ、あなたはよっぽどのことがなきゃ一人でも大丈夫ですね」

笑いながらルイスは立ち上がる。

「それじゃあ、こいつらを物置に放り込んでひとっ走り行ってきますよ。早くしないと潮が満ちて干潟が渡れなくなりますからね――カティア様？」

ルイスの驚愕《きょうがく》した目につられるようにして、ロルフィーが振り向き、そして彼も目を見開いた。

「カティア？　どうした？」

どうした――と言われても、カティアにも自分の身に何が起こったのか分からなかった。

鳩尾《みぞおち》のあたりが痛い。

それはいつものことなのだが、痛みがいつもの比ではなかった。

刺されたのではないかと思うほどの痛みで、呼吸が苦しい。

額に脂汗が滲《にじ》み、座っていることすらつらくて崩れるように床に手をついた。

「母さま⁉」

「アニ、おいで――カティア？　大丈夫か？　カティア⁉」

視界の端に、泣き出したアニをロルフィーが抱えるのが見えた。

それに安堵した瞬間、カティアはその場で吐血した。

「胃に穴が開きかけておられる。随分長い間痛みを堪えてきたみたいですな」

ルイスが馬を駆って連れてきた老医師のノイは、まるで世間話でもするような穏やかな口調で言うと、自らの顎にたくわえた白い髭《ひげ》を撫《な》でた。

吐血してすぐに昏倒《こんとう》したカティアは、修道院の奥にある部屋にロルフィーによって運び込まれ、まだ眠り続けている。

アニは突然倒れた母親の姿にショックを受けて、それから一言も口を利かない。

ミランダという修道女が別室に連れていこうとした手も拒絶して、横たわるカティアの真っ白な顔を瞬きもせずに見つめている。

「それで、どうなんだ？　助かるのか？」

ノイのゆったりとした動作に苛立ちながら、ロルフィーは彼に詰め寄った。

脳裏には、既に儚《はかな》くなった両親の死に際の姿が浮かんでいた。

健康だったはずの母。病弱な父を自ら看病して、いつも笑っていた母。

彼女が死んだのは、ロルフィーが十歳になってすぐだ。周囲も本人も季節の変わり目によくある体調不良だとばかり思っていたのに、病状は日に日に深刻になり、遂にある朝、彼女は夫の腕の中で息絶えた。

ウィルダーンの実の娘ではあったが父親に似ず、心根の優しい思いやり深い女性だった。

彼女をただ一人の妃《つま》として愛したロルフィーの父が身罷ったのは、それから八年後だ。

まだ四十代だったというのに髪は抜け痩せこけ、老人のように病み衰えた父は、最後の最後までロルフィーと、そして国のことを案じていた。

病弱で物静かで、ウィルダーンの傀儡《かいらい》と罵られた王。

けれど彼が人に言われるような愚かな王ではなかったことを、ロルフィーだけは知っている。

彼の真っ白な死顔が目の前にちらついて、ロルフィーは気が気ではない。

まさかカティアまでこのまま失うことになるのではと、恐ろしい想像ばかりが頭の中を掻《か》き乱す。

そんなロルフィーを安心させるように、ノイは目元に皺《しわ》を寄せて微笑んだ。

「助かるも何も、命に別状はありませんな」

その言葉を聞いて、ロルフィーはその場に両膝をつく。

安堵と疲れが押し寄せて、すぐには立ち上がれない。

「そうか……」

「どうしたの？」

アニが、不安そうな顔でロルフィーに問う。

「母さま治らないの？　死んじゃうの？」

「命に別状ないっていうのは、大丈夫だってことだ。心配ない。カティアはすぐに目を覚ます」

「違う」

ロルフィーは努めて優しく微笑むと両手を広げて、そこへアニを迎え入れた。


「本当？」

「本当だ」

まだ不安げなアニに、ロルフィーは深く頷く。

「……ふぇ、ぇぇえん」

安心したのか、途端にアニは泣き出した。

その背中をロルフィーは優しく撫でてやる。小さな体で、大きな不安に懸命に耐えたアニがいじらしかった。

「けれど放っておけばそうとも言い切れませんでな」

ノイは持ってきた荷物の中から薬草らしい粉末がはいった瓶を取り出した。

「しばらくこれを煎じたものを食事の前に飲ませてあげなさい。食事は消化しやすい物を少しずつとるように。それから十分休養させてあげなさい。体だけでなく、心も」

「心？」

ロルフィーが訊《き》き返すと、老医師は頷いた。

「この病の多くは精神的な疲労が原因でしてな。この方は色々と思い悩むことが多いのでしょう」

ノイはカティアが誰であるかを察しているらしい。彼女の短い髪を見たからだろう。

「自業自得でしょう」

ボソリと言ったローサを、ルイスが横目に見る。

「何か言ったかい？　あんた」

「自業自得だと言ったのです。この方は国王陛下を裏切り、神聖な王妃の座を汚したのですよ？　その罪を償うどころか、いつまでも王妃気分でいるからこんなことになるのです。血を吐いて倒れるなど、まるで当てつけだわ」

ローサが憎々しげに口にした言葉は、どう聞いてもカティアに好意的なものではなかった。

聞いていて気分がいいものでもなく、ロルフィーもルイスも眉をひそめる。どうしてそこまで悪しざまに言えるのか――……。

「母さまの悪口言わないで！」

それまでロルフィーの腕の中で泣いていたアニが、憤然と立ち上がる。

「母さまが病気になったのはローサさまのせいだもん！　ローサさまやみんながお皿洗いも床磨きも全部母さまにやらせて、糸紡ぎも下手くそだって笑って意地悪いっぱい言ったからだ！　ローサさまのせいだ‼」

「何てことを言うのです！　ここに置いてもらっている恩も忘れて……‼」

思わぬ糾弾に逆上したローサが、手を振り上げる。アニの頬を目がけて振り下ろされたその手を、ルイスが摑《つか》んだ。

「あんた、今何するつもりだった？」

ルイスに睨《にら》まれ、ローサは怯《おび》えたように頰を強張らせる。

「し、躾《しつけ》です！　躾がなっていないから私が」

「まさか、いつも叩《たた》いてるのか？　こんな小さな子供を？」

ルイスと、そしてロルフィーとノイからの非難の眼差しに晒《さら》され、ローサは青ざめた。

「私は……私は陛下の為を思って！」

「俺の為だと？」

ロルフィーは眉をひそめる。

アニを叩くことが、どうしてロルフィーの為になるのか。

「そうです！　私は陛下の代わりにこの悪女に罰を与えていたんです!!　私は正しいことをしているんです!!　悪いのはそもそも陛下を裏切ったこの女だわ!!　汚らわしい女！　いやらしい女！　傍にいるだけで虫唾が走る!!」

悪びれるどころか堂々とカティアを悪しざまに言うローサに、ロルフィーは思わず怒鳴った。

「今すぐこの部屋から出て行け!!」

殺気が滲む紫の双眸《そうぼう》に見据えられ、ローサはそれまでとは比べ物にならないほどに狼狽《うろた》える。

「わ、私は良かれと思って……っ」

「ルイス!!　そいつをつまみ出せ!!」

「了解でーす」

「陛下!!」

ローサはまだ何か叫んでいたが、ロルフィーは一切耳を傾けなかった。

空から雨が降るように青い目から涙を流すアニを抱き寄せ、頭を撫でる。

「よく叩かれていたのか？」

アニは鼻をすすりながら頷いた。

「時々……」

その痛ましさに、ロルフィーは奥歯を噛み締める。

あんなふうに罵られ、叩かれ、どんなにつらかっただろう。こんな小さな子供を叩くことが『正しい』だなんて、よく言えたものだ。

ロルフィーは寝台に横たわるカティアに目を向けた。

あんな怒鳴り合いの最中《さなか》におかれても、まだカティアは目を覚まさない。

「人がされたことを自分がされたことのように憤るというのは、いいことじゃと思うんだがねぇ」

ごそごそと荷物を探りながらノイが独り言のように言った。

「とは言え、それを理由に人を攻撃するのはどうかのう。ましてや手負いの人間に」

「……」

ロルフィーは押し黙る。

(俺は、今まで)

自分のことばかりだった。

苦しい、つらいと、そればかり。

何故裏切ったのだとカティアを罵るばかりで、彼女の話をまともに聞こうとしたことがあっただろうか。

『手紙を書いてごらん』

遠い日に、父王から言われたことを思い出す。

カティアとの婚約が整ってすぐの頃だ。

婚約した相手が口数が少ない大人しい姫だと聞かされたロルフィーは、口を尖《とが》らせた。

『そんな女の子つまらないよ』

そもそもロルフィーは女の子が苦手だった。

女の子なんて馬に乗れないし足は遅いし、ドレスが汚れたくらいで大泣きする。それに偉そうで我儘《わがまま》で……。

従妹のスティーネ以外に同年代の異性を知らなかったロルフィーにとって、彼女に対する評価がそのまま『女の子』に対する評価だったのだ。

そんなロルフィーに、今は亡き父王は優しく言った。手紙を書きなさい、と。

『手紙？』

『手紙は人の本質を示すから——大人しい人ほど、心の内に秘めていることは多いものだよ』

そうして始まった、カティアとの手紙のやりとり。

ある日届いた手紙で『本当はね』とカティアは書き出した。

『私も馬に乗りたいの。横乗りじゃなくて男の人のように脚衣を着て馬に跨《また》がって』

不安そうに『はしたないって思う？』とも書かれていた。

ロルフィーは少し驚いた。大人しく俯いてばかりの女の子だとばかり思っていたのに、そのイメージが少し変わった。カティアに興味が湧いたのは、それがきっかけだった気がする。

『はしたなくなんてない』と返したロルフィーに、次の手紙でカティアは嬉しそうに『よかった』と返してきた。

手紙が届くのが、ロルフィーは楽しみになった。父王から教わった炙り出しのように、手紙が届くごとに隠れている彼女が見えてくるのが嬉《うれ》しかった。まるで宝探しだ。

炙り出しと言えば、ロルフィーが炙り出しで手紙を書いた時、カティアはすぐに食いついた。

炙り出しは普通、柑橘《かんきつ》系の果物の汁を使う。果汁で書いた文字は乾くと消えて読めなくなるのだが、火にかざすとまた字が浮き出て読めるようになるのだ。

その方法をロルフィーが教えるや、彼女はあらゆる果物や野菜の汁でそれを試したらしい。

『牛乳でもできたわ！』

まさかそんな物まで試したのかと、ロルフィーは手紙を読みながら腹を抱えて笑った。

そんな彼女が当時一番苦手としていたのが、行儀作法の教師だ。

目が怖い。口調が怖い。――涙目で委縮するカティアの姿が目に浮かんで、ロルフィーはその教師が雷にうたれればいいと本気で思った。

それでも、彼女は行儀作法の課程から逃げなかった。教師を替えることも可能だっただろうにそれもせず、十六歳で嫁いできたカティアはエドライド式の完璧な行儀作法を身に付けていた。

――知っていたはずだ。

大人しいとされてはいるが、本当のカティアは活動的で好奇心旺盛。自分が何をやるべきか知っていて、勇気がある。

手紙を介して、活き活きとする彼女にロルフィーは恋をした。

（あの頃は、簡単だったのに）

何でも手紙に書いた。

踊り出したいほど嬉しかったこと。

誰にも言えないけれど、自分の心の内に秘めておくには重すぎる鬱憤や、秘密。

お互いがお互いの一番の理解者である自信があった。カティアもそうだっただろう。

それなのに、いつからだろう。

顔を見てすぐ手を握れる距離にいたはずなのに、カティアが何を考えているのか分からなくなった。

いや、分からなくなっていることにすら、気付いていなかった。

(何を秘めている？)

何も語らず、俯いて。

憂いをたたえた瞳の奥で、彼女は何を思っているのだろう。

それを知りたい。ロルフィーは心からそう思った。

「ほれ、お嬢ちゃんこれをあげよう」

老医師が取り出したのは、街角でよく売られている飴《あめ》だった。

細長い串の先に、油紙に包まれた琥珀《こはく》色の飴が輝いている。

アニはそれを見て、目を丸くさせた。

「きれーい」

「舐《な》めてごらん。元気が出る」

ノイから受け取ったそれを、アニはすぐには頬張りはしなかった。

油紙をとった飴を頭上に掲げ、それを見上げてまだ涙の痕がある頬を嬉しそうに緩ませる。

「きらきらだね」

「そうだな」

ロルフィーは相槌《あいづち》を打つ。

するとアニはロルフィーを見て、ニッコリした。

「母さまのおめめみたい」

「――そうだな」

目を細め、ロルフィーは飴玉を見上げた。

「……綺麗《きれい》だ」


誰かが呼んでいる。

起きろ、と。

懐かしい声だった。

カティアを甘やかしてくれる、優しくて低い声。

（けれど嫌なの……）

目を覚ましたくなくて、カティアは目を閉じたまま顔を顰《しか》めた。

だって、とても温かいのだ。

目を覚ましてしまったら、この心地良さを手放さなければならない気がして、それが酷く惜しい。

困ったな起きないぞ、と声は苦笑する。

もっと困らせてやりたいと、カティアは思った。

だって、いつも彼はカティアを困らせるのだ。

大勢の人の前でキスしてきたり、翌日の公務に行けなくなるほどカティアを激しく抱いたり、それから――。

『側室を……迎えたらどうかしら』

結婚して三年たつ頃。ロルフィーが即位して丁度一年たった頃のこと。

いつまでたっても懐妊できないことに思い悩んだカティアは、ロルフィーにそう告げた。

誰か相応しい人に側室になってもらって、ロルフィーの子供を産んでもらおう。

血統の正統性が重んじられる王族において、後継ぎたる子供をもうけるのは義務とも言える。

ところが、ロルフィーはあっさり『側室はいらない』と言った。『カティア以外の妃はいらない』と。

――彼が『分かった』と言ってくれさえすればカティアだって覚悟が出来たのに、それなのに彼はエドライドの血統を次代に残す義務よりもカティアが大事だと言う。

困らせないで、とカティアは泣いた。

けれど本心では、彼がそう言ってくれたことが嬉しかった。

ロルフィーが好きで好きでたまらなかった。

誰かと彼を分け合うなんて考えられなかった。

「カティア」

耳元で呼ばれ、カティアはうっすらと目を開けた。

ぼやけた世界。

そこがどこなのか分からなかった。

ロルフィーだけが、何故かはっきり見える。

（なんて綺麗なの……）

いつか見た暁の空と同じ色の双眸があまりに美しくて、カティアの瞳から涙が一筋零れ落ちる。

「カティア」

ロルフィーの手が、カティアの頬を包んだ。

大きく温かな手が心地良くて、カティアは瞳を閉じる。

唇に、柔らかな感触がした。

押し付けられたそれが、ロルフィーの唇だということはすぐに分かった。

分からないはずがない。

その唇が与えてくれる歓びを、カティアは嫌というほど知っていた。

「……ん……っ」
無意識に、手が伸びた。
彼の首回りに腕を絡め、引き寄せる。〝離さないで〟と言うように。
それに応えるように、カティアの体に回されたロルフィーの腕に力がこもる。
（ああ……）
心が溶けていく――と思ったのに、唇を割って入ってきたのはロルフィーの舌ではなく
これまで飲んだこともないような苦い液体だった。しかも、匂いが鼻にくる。
「!?」
仰天してロルフィーを押し返そうとするも、彼はがっちりとカティアの体を抱き込んで
いてカティアは逃げ出すことができない。
「んんん!?」
足をバタつかせて、ロルフィーの背中を何度も叩く。
けれど彼はびくともしなかった。
苦い。
臭い。
でも、飲むしかない。
カティアがゴクリと喉を鳴らしてその液体を飲みこむと、ようやくロルフィーは唇を離
して腕の力を緩めてくれた。

「な……っゴホッケホ……っ何⁉」

混乱するカティアをよそに、ロルフィーは口元を手の甲で拭いながら寝台の脇に顔を向ける。

「ノイ。これは随分と苦いな」

「良薬は口に苦しと言いますからな」

――ニコニコと優しい笑顔の白い髭をたくわえた老人。

その向こうにはニヤつくルイスがいて、アニの両目を手で覆っている。

「ねえ、何にも見えないよー？　母さまにお薬飲ませるんでしょー？」

「アニちゃんにはまだ早いからねー」

ここはどこだ。

自分はどうしてここにいるのだ。

色々と疑問はあったが、そんなものは襲ってきた強烈な羞恥心によって頭の隅に押しやられた。

「き、きゃあああああああ⁉」

ロルフィーを力いっぱい突き飛ばし、カティアは寝具の中に逃げ込んだ。

「起こしてもお前は起きないし、薬を飲ませるにはああするしかないだろう？」

こともなげに言うロルフィーを、カティアはねめつけた。

その頬はまだ羞恥で熱をもったままだ。

返す返すも恥ずかしい。

人前で口移しで薬を飲まされるなんて。

しかもその先を強請るようにロルフィーを引き寄せた自らの無意識の行為が、カティアをどうしようもなく苛んだ。

ノイが、白髭を揺らして笑った。

「兎《と》にも角にも、お目覚めになられてよかった。さて、儂《わし》はそろそろ帰るとしようかの……いや、無理か。もう潮が満ちて干潟は渡れまい」

「部屋を用意してくれるように頼んできましょう」

ルイスがノイの荷物を持って立ち上がる。

歩き出した彼と連れ立って、老人も扉へと足を向けた。

「お願いできますかな。あの怖い修道女殿と顔を合わすのは気まずいでな」

「はは」

二人は笑いながら部屋から出て行った。

（潮が満ちて……？）

カティアは硝子窓に目を向けた。

外はとっぷりと闇が下りていて、少しだけ開いている窓から冷たい風が入ってくる。

「寒いか？」

ロルフィーが座っていた椅子から立ち上がった。窓を閉めようというのだろう。

「あ……いいえ。大丈夫」

「体を冷やすと良くない」

カティアは緩く首を振ったが、ロルフィーはかまわず窓辺に寄って窓を閉めた。

「……」

ここはどこだろうと、カティアは改めて部屋の中を見渡す。

その部屋は壁紙が日に焼けてややくすんではいたが立派な調度品が揃《そろ》えられ、一見すれば修道院の中とは思えなかった。

その部屋の中央に置かれた天蓋付きの寝台に、大きな枕を背もたれにしてカティアは座っている。

（修道院にこんな部屋があったなんて……）

巡礼者の中には身分が高い者もいる。そういった貴人の来訪に備えて整えられている部屋なのだろう。

燭台《しょくだい》の揺れる灯りが室内をぼんやりと照らし出し、物悲しい雰囲気を醸し出す。

そういえばここは貴人の幽閉場所としての役割も担っていたと、カティアは思い出した。最近では数代前にも、王位継承争いに敗れた王子の妃が夫と引き離されてここに幽閉されていたはずだ。

「母さま。お腹痛い？」

寝台のすぐ横の床に膝をつくようにして、アニが見上げてくる。

その心配そうな顔が可愛くて、カティアは微笑んだ。

「大丈夫よ。心配してくれてありがとう」

「物盗りに襲われたことは覚えているか？」

窓を閉めて戻ってきたロルフィーは、さっき座っていた椅子ではなく寝台に腰を下ろした。

ロルフィーの問いに、カティアは頷く。

「ええ。でも、あの……」

鳩尾が酷く痛んで……そこから覚えていない。

「その後、お前は血を吐いて倒れた。ノイが言うには胃が弱っているそうだ。ずっと痛みを我慢していたんだろう？」

責めるような眼差しに、カティアは首を竦《すく》める。

「いつもすぐおさまっていたから……その」

「体調が悪いのに無理をする奴がいるか。幸い、薬を飲んでしばらくゆっくり休めば治るそうだ」

「……」

世にも二つとないあの苦い薬をまた飲むのかと思うとぞっとした。

健康とは尊いものだと、妙なところで痛感する。

「……よかった」

「え？」

顔を上げると、ロルフィーの顔がすぐそこにあった。

額と額がぶつかる。

彼の濡羽色の睫毛《まつげ》が、呼吸に合わせて細かく震えるのが見えた。

「死んだように眠り続けるから、もう目を覚まさないのではと心配した」

心底安心したというように、ロルフィーは息をつく。

トクリと、心臓が甘く鳴いた。

彼が心配してくれたことが嬉しくて、彼を心配させてしまったことが申し訳なかった。

「……昼間は、助けてくれてありがとう」

言い損ねていた感謝の言葉が、素直に口から滑り出る。

額をつけたまま、ロルフィーは苦い顔をした。

「いや、悪かった。酷い言葉を吐いた」

「いいえ……私も、大きな声を出してごめんなさい」

あの時の、血の気が引いたロルフィーの顔を思い返す。

(憎まれていると思っていた……)

愛情は、裏返ってしまったのだと思っていた。

(でも)

自然と互いの手を手繰り寄せる。

その温もりに宿るのは、憎しみなどではない。

悲しいほどに深くて、愚かなほどに真っ直ぐで——。

体格も容貌も十六歳だった頃とは全く違うのに、けれど中身はあの頃のままだ。

純粋に、真っ直ぐに、罪を犯したカティアをそれでもまだ愛してくれている。

(可哀想な人……)

変われない、というのは哀れなことだ。

世界は刻一刻と変化し、それに伴い人の心も移り変わる。

その中で一人取り残され、変わらない想いを捨てられずに抱えて生きるのはどんなに苦しいことだろう。

(私のことなんて、忘れてしまえばいいのに)

そう思いつつも、いつの間にかまた彼と手を繋いでいる。

ロルフィーの額にかかる黒髪を、指先でかき上げた。

視線が絡まる。

唇が重な——……。

「……」

「……」

「どうしたの？　キスしないの？」

寝台に頬杖《ほおづえ》をついて、アニがカティアとロルフィーを見上げている。

興味津々というふうに輝くその青い瞳を前に、ロルフィーが咳払《せきばら》いしながら身を引き、カティアも無意味に髪を撫でつけた。

「え、えっと……」

「あー……腹がすいたな」

彼はそう言うと立ち上がった。

「何か貰って来る」

誰か呼べばいいのに、『特別な歓待は無用』と言ったとおり彼は誰の手も煩わせるつもりはないらしい。

「私もー！」

便乗して飛び上がったアニを、ロルフィーは器用に抱き上げる。

「食堂はどっちだ？」

「こっちー！」

やがてロルフィーとアニの手で、温かい食事が部屋に運び込まれた。

チーズがのったライ麦のパンに、修道院で採れた野菜のスープ。

華美な晩餐《ばんさん》に慣れているロルフィーは気付かないかもしれないが、いつもよりも格段に豪華な食事だ。炊事担当の修道女達の慌てぶりが見てとれる。

「母さまはまたお腹が痛くなると困るから、スープだけで我慢よ」

アニはスープをすくった匙《さじ》をカティアに向けた。

「アニが食べさせてあげる。はい、あーん」

あまり食欲はなかったが、アニには勝てない。

カティアは笑いを堪えて口を開けた。

「あーん」

「おいし？」

可愛らしく尋ねてくるアニに、カティアは頷く。

「アニが食べさせてくれたから、とってもおいしいわ」

「いっぱい食べて、早く元気になってね！」

アニはそう言って、嬉しそうに次の匙を差し出す。

それを何回か繰り返すうちに、カティアは気が付いた。このままではアニの食事が冷めてしまう。

「アニ。母様は自分で食べられるから、自分の分を頂きなさい」

「ダメ‼　母さまのお世話はアニがするの‼」

アニは目を吊《つ》り上げ、まるで発酵したパン生地のように頰を丸く膨らませた。

「でも……」

折角張り切っている娘に水を差すのも可哀想で、カティアはそれ以上は言い淀《よど》む。

そこへ横から口を出してきたのはロルフィーだ。

「アニ。ほら、あーん」

見本を示すかのように口を開けたロルフィーにつられて、アニも「あーん」と大きな口を開ける。ロルフィーはその口の中へパン切れを捻じ込んだ。が、幼児が一度に飲み込める量ではない。

「お、大きすぎよ！」

慌ててアニの口からパン切れを引っ張り出すと、カティアはそれを指先で千切ってみせた。

「このくらいじゃなきゃ」

ロルフィーは少し怪訝《けげん》な顔をした。

「そんなに少しずつしか食べられないのか？」

「喉に詰まらせたら大変だから」

「……そうか。難しいな」

考え込むように頷いて、ロルフィーはまたパン切れをアニに差し出した。今度はアニの小さな口に丁度いい大きさだ。

「アニ。あーん」

「あーん」

アニは嬉しそうに口を開けると、ロルフィーが放り込んだパンを美味しそうに咀嚼《そしゃく》した。

「うまいか？」

「おいしー」

その微笑ましい光景に、カティアは当惑する。

（どうしてロルフィーは……）

こんなに優しくアニに接することが出来るのだろう。

思えば最初から、ロルフィーはアニに優しかった。

何故だろう。

勿論《もちろん》、彼のアニへの優しさを迷惑に思っているわけではない。

でも彼の心情が理解出来なかった。

カティアを愛しているのなら尚更、その存在は疎ましいはずではないのか。

第六章　明かされる真実

「どうして？」

アニを間に挟んで、カティアとロルフィーは寝台に横になっていた。

食事の後『三人で寝る！』とはしゃいでいたアニは、既に気持ちよさそうな寝息をたてている。

その寝顔を寝そべりながら頬杖《ほおづえ》をついて眺めていたロルフィーは、カティアに目線だけを向けた。

「〝どうして〟？」

何が〝どうして〟なのか、彼は分からなかったようだ。

「どうして……アニに良くしてくださるの？」

カティアは半身を起こし、ロルフィーに向き直る。

「アニが憎くはないの？　アニは……」

「憎くない」

ロルフィーははっきりと言い切った。けれどすぐに苦い笑みを頬に滲《にじ》ませて、またアニへと視線を戻す。

「……そうは言い切れないな。アニの青い目を見て、胸がまったく軋《きし》まないわけではない。でも」

アニの額にかかる髪を、彼は指先で優しく払った。

「お前が産んだ子だ。それだけで愛しいよ」

「……」

――言うべき言葉が見つからない。

彼に愛されていることは知っていた。

言葉で、行動で、眼差しで、温もりで、あらゆる方法で彼はカティアに愛情を伝えてくれた。

(でも、こんな……)

裏切られ、これでもかというほどに傷つけられたというのに、それでも彼はまだカティアに愛を告げるのか。

カティアが産んだというだけの理由で、自分の子供ではないアニを愛おしめるのか。

それは無償の愛と呼ばれる類のものではないのか。

(それなのに、私は……)

膝の上で、手を握り締める。

「この子の目が、紫だったなら」

はっとして、カティアはロルフィーを見た。

彼の紫の目は物悲しい光をたたえて、アニを優しく見守っている。

「俺の子でさえあったなら、こんな静かな夜が当たり前だったんだろうな」

「……」

カティアは俯《うつむ》いた。

胸の中で感情が激しく渦巻いて、濁流となって溢《あふ》れ出そうとしている。

(言ってはダメ)

真実をロルフィーに言ってしまえば、取り返しがつかないことになる。

今ロルフィーと会っていることすら、あの男に知られれば危険なのだ。

あの男に――ウィルダーンに。

(言ってはダメ!!)

でも、もう駄目だった。

限界だった。

耐えて耐えて耐え抜いた先に見えたロルフィーという光に、縋《すが》らずにはいられない。

「……ロルフィー」

震える声で、カティアは語り出した。

「聞いて、欲しいの……」

月の光が降り注ぎ、遠く波の音がする。

静かに、ゆっくりと、夜は更けていった。

*

五年前――。

「話があるんだけれど、いい？」

カティアがそう言うと、難しい顔で書類を読んでいたロルフィーはすぐに顔を上げた。

「ん？」

麗らかな昼下がり。

そこはカティアとロルフィーの私室の居間で、昼食をすませた二人は円卓を挟んで椅子に座り、僅かな休憩時間を過ごしていた。

夫婦とはいえ、それぞれに公務がある二人の予定が合うことは珍しい。

特にロルフィーが即位してからは、二人で過ごす時間はとても貴重なものだった。

その貴重な時間にも、ロルフィーは書類を手放さない。

若いから。経験不足だから。そう言って侮られることも甘やかされることも、ロルフィーは良しとしなかった。

自らの未熟さを努力で補おうとする彼は立派で、そんな彼の邪魔だけはすまいとカティアは心に決めていた。

でも、今日だけはちゃんと目を見て話したい。

蔦《つた》の葉が描かれた茶器から手を離し、膝の上で指を握り締める。

密かに深く息を吐いて、カティアは切り出した。

「側室を……迎えたらどうかしら」

泣き出すことも取り乱すこともなく、言い切ることが出来た。練習中には何度か涙で咽がつまって、声が出なくなってしまったのだ。

途中声が震えて言葉が途切れてしまったが、ロルフィーにはちゃんと聞こえただろう。

ロルフィーは驚いたように目を軽く見開いた。

子供ができないことで家臣からは何度も側室を迎えるように上申されていたはずだが、まさかカティアがそれを言いだすとは思っていなかったのかもしれない。

彼が何度か瞬きして常の表情に戻るまで、数秒。

その数秒が、カティアにはとてつもなく長い時間に感じられた。

彼は『わかった』と頷《うなず》くだろう。国王として、後継ぎをもうけるのは義務だ。

カティアがこんなことを言いだしたのも、王妃としての義務があるからだ。

自分が後継ぎを産めないのなら、側室に産んでもらう――王族に生まれ、国王に嫁いだカティアにとってそれは当然求められる覚悟だった。

「いらない」

あまりにも短い返事に、カティアは唖然《あぜん》とした。

「え？」

「カティア以外の妃はいらない」

話は終わったというふうに、彼は書類にまた目を落とす。

カティアは慌てた。

「でも、ロルフィー。このままじゃ後継ぎが……」

「そもそも子供ができないのは俺の方に問題があるからかもしれないだろう？　それなら、側室なんてとっても無駄だ」

彼は書類から目を上げようとしない。

その横顔に微かに怒りが滲んで見えて、カティアは俯いた。

それ以上何を言えばいいのか分からず困り果て、白いレースがあしらわれたドレスを纏《まと》う膝を見つめる。

「無駄なんて……」

ロルフィーはしばらくそのまま知らんぷりしていたが、やがて小さく嘆息すると、書類を円卓の上に置いた。

「お前は俺が他の女を抱いても平気か？」

真っ直ぐ見つめてくるその紫の瞳を、カティアは見返すことが出来なかった。

「……平気じゃ、ない。けれど」

「後継ぎなら養子を貰《もら》えばいいし、お前を傷つけてまで自分の子供が欲しいとは俺は思わない」

彼はそう言って、カティアに手を差し出した。

戸惑いながら、カティアはそれに手を重ねる。

するとロルフィーはその手を優しく引くことで、カティアを自らの元へ引き寄せた。

「勿論《もちろん》、カティアがどうしても子供が欲しいと言うなら協力は惜しまないが？」

カティアを見上げ、ロルフィーは悪戯っぽく笑んだ。

その笑みに、不安が溶ける。

彼が側室をとることを了承したらどうしようと、心の底でずっとそう怯《おび》えていたのだ。

「……もう、困らせないで」

目尻に涙が滲む。

後継ぎも産めない。王妃として夫に側室を選ばせることもできない。

ロルフィーに甘やかされることとしか出来ない自分が情けなくて仕方がなかった。

「おいで」

腕を引かれ、カティアはロルフィーの膝に跨《また》がるようにして座らされる。

自然と唇が近づき、瞼《まぶた》を閉じた。

啄《ついば》むような口づけはやがて深くなり、ロルフィーの手がドレスの裾をたくし上げる。

「カティア……」

「ん……っ」

まだ陽は空高く、いつ侍女が部屋に入って来るか知れない。

そんな緊張感の中、二人は性急にお互いを求めた。

背中の釦《ボタン》がはずされ、ずり落ちたドレスの襟から肩が剝き出しになる。

零れるように露わになった白く豊かな膨らみに、ロルフィーが口づけた。

「ん……ふっ……っ」

カティアは奥歯を嚙《か》み、必死に喘《あえ》ぎを押し殺す。

ドレスの下ではロルフィーの手がドロワーズの紐《ひも》を緩めてずり下ろすや、やわやわと臀《でん》部《ぶ》を揉《も》み、そして秘所へと指を埋める。

そこはクプリと音を立てて、太い指を受け入れた。

「……濡《ぬ》れてる」

柔らかな双丘から顔を上げてロルフィーが意地悪く囁《ささや》くのに、カティアは顔を赤らめ涙声で抗議した。

「言わないで……」

「でも、もう入る」

ロルフィーはそう言って脚衣を緩めて既に硬くなった屹立を取り出すと、それをカティアにあてがった。

「ほら」

「あ……っ」

熱いものが、ズブズブと内側を侵食していく。

驚くほどに素直に、カティアの隘路《あいろ》はロルフィーを咥《くわ》えこんだ。

「あ……っあぁっっあ!!」

カティアは背を反らして身を震わせた。

自重も手伝ったせいだろうか。いつもより奥にロルフィーの熱を感じ、そこから強烈な快感が背骨を通って脳天まで駆け上がったのだ。

「挿れただけでイッたのか？」

嬉《うれ》しそうに言うロルフィーから、カティアは必死に顔を背ける。

「ち、違……」

彼の言う通り、大した愛撫《あいぶ》もなしに彼を受け入れて、それだけで達してしまった。

恥ずかしくてたまらない。

まるで彼の欲望を待ち焦がれていたかのようだ。

「違わないだろう？　中がうねってるぞ」

ロルフィーは口の端で笑うと、カティアの臀部を押さえつけ自らの腰を突き上げた。

「や……っあ!!　待……っ」

目の前が点滅するような感覚がした。

大きな波が次から次へと押し寄せて、息継ぎをする暇もない。

ロルフィーとはそれこそ数えきれないほどに肌を重ねたというのに、こんなことは初めてだ。

明るい室内には荒い息遣いが響き、大胆に開いた足の付け根からは太い熱杭を受け入れてグチュグチュと淫猥な音がする。

「ん、も……っやら……っあっ」

目尻に涙をため、カティアは懇願する。

苦しいほどの快楽で、呂律が回らない
突き上げられるたびに、カティアの丸い胸が弾けるように揺れた。

激しい動きに必死に堪えるカティアを嘲笑うように、ロルフィーはカティアの胸の尖端《せんたん》を口に含む。

「んっ……っやぁ」

カティアはいやいやと頭を振った。

結い上げた亜麻色の髪が、一房はらりと肩に落ちる。

(もし誰かが部屋の前を通ったら……)

濡れた声を聞かれたらと思うと気が気ではない。

ところが、見つかったらどうしようという不安に反して、身体は更に熱を帯びていく。

快感で硬くなった乳首を舌で転がされ甘噛みされ、腰の奥がまたギュウギュウと収縮した。

するとロルフィーが息を詰める。先程までの傲慢な笑みはなりをひそめ、余裕がない様子だ。

紫の瞳が纏う艶に、心臓が痺《しび》れた。

(もっと……)

その瞳を、乱したい。

そう思うと、無意識に腰が揺れる。

「……引きちぎる気か」

ロルフィーは怒ったように囁くとカティアの腰を摑《つか》んだまま立ち上がり、円卓の上にカティアを組み敷いた。

そして今度は真上からカティアの隘路を責めたてる。

「ああっ！　あ、ぁダ、メ……ッそんな」

「はっ……カティア！」

「はぁん……っ！　んんっ」

猛る熱杭に穿《うが》たれて、どうしても声が堪えきれない。

縋り付くようにしてカティアはロルフィーに唇を押し付けた。

舌と舌が絡まり、唾液が口の端から首元へと流れていく。

「……っん」

「ふ……っん!!」

突かれ続けた蜜筒から愛液が溢れて、円卓を濡らした。

甘い衝撃に腰が砕け散りそうで、涙が止まらない。

「はぁ……っくそ……」

「ん……っふぅ、んん!!」

彼の口内に吹き込むように喘いで、カティアは達した。

剝き出しになった太腿《ふともも》がビクビクと前後し、爪先が震える。

程なくしてロルフィーが脈動し、最奥に白濁が注がれたのを感じた。

――カティアが懐妊していると分かったのは、それからひと月と少し過ぎた頃だ。

「……本当に?」

目を真ん丸にして戸惑うロルフィーに、カティアは大きく頷いた。

「本当よ」

「――すごいぞ!! カティア!!」

彼は飛び上がって喜んでくれた。

側室を迎えてまで子供はいらないと言った彼の言葉は嘘《うそ》ではなかったのだろうが、それでもやはり父親になるという未来を前にすると興奮せずにはいられないようだった。

彼が喜んでくれたのが、カティアは本当に嬉しかった。

悪阻はつらかったが、お腹の子が順調に育ってくれるのがありがたかった。

「生まれた子には星の名前をつけよう」

大きなお腹を撫でながら大真面目に言うロルフィーに、カティアは呆《あき》れ返る。

「それはやめて」

ロルフィーは歴代の愛馬に星の名前を付けている。いくら馬が好きでも、我が子と馬を同列に扱うのはどうだろう。

ロルフィーは子供のように口を尖らせた。

「どうしてダメなんだ？」

「ダメなものはダメ。他の名前を考えて」

「……」

彼はしばらくうんうんと唸《うな》って悩んだ末に……。

「……男なら〝カストル〟」

と、一言呟《つぶや》いた。

「……それ、神話に出てくる馬術が得意な英雄じゃない！」

お願いだから馬から離れてとカティアが大笑いする横で、ロルフィーが顔を真っ赤にして喚いた。

「文句言うならカティアも考えろ!!」

「ええ!?」

結局、名前が決まらないまま数日後に陣痛が始まり、カティアは一昼夜苦しみ抜いた末に一人の赤ん坊を産み落とした。

「王子殿下ですよ」

年老いた産婆が顔を皺《しわ》くちゃにした笑顔で、そう告げてくれたことを今でも覚えている。

その腕に抱かれていたのは、黒髪に紫の瞳の、丸々とした男の赤ん坊だった。

こんなに大きな赤ん坊が自分のお腹に入っていたのかとカティアは目を剝き、そして泣きながら笑った。

待望の我が子。

良かった。無事に生まれてくれた。ロルフィーそっくりの可愛い男の子。早くロルフィーに会わせてあげたい。

産所には、夫を含めて男性は立ち入れないことになっている。

きっとロルフィーはやきもきしながら、部屋で子供が生まれた報せを待っているのだろう。

（やっぱり馬に関する名前になるのかしら……）

何としてもそれだけは阻止しなくてはと、そんなことを思いながら瞼を閉じる。

体力の限界だった。

元気な泣き声を聞きながら、カティアの意識は暗転した。

——それからどれくらい眠っていたのだろう。

目を覚ましたカティアが目にしたのは、床に血まみれで倒れ伏す産婆と信頼していた侍女の変わり果てた姿だった。

「目が覚めましたか」

そう言ったのは宰相ウィルダーンだった。

「ウィルダーン⁉　どうしてここに……！」

カティアは寝台の上で、身体を強張らせる。

「誰か……誰か来て‼」

「声を上げても無駄です。外にいるのは私の息がかかった侍女ばかりですから」

蛇のように無機質な瞳が、カティアの体の曲線をなぞっていく。

ゾッとして、カティアは上掛けを手繰り寄せた。

嫁いできた時から、ウィルダーンはいつもこんな目でカティアを見る。いつか頭から彼に丸呑《の》みにされるのではないかと、カティアは彼と顔をあわせるのが怖くて怖くて仕方がなかった。

「ど、どういうことなの？　これは一体……」

ウィルダーンの部下であるらしい男達が、産婆や侍女の遺体を無言で片づけていく。

事態が呑み込めずに震えていたカティアは、突然我に返った。

「赤ちゃん‼　私の赤ちゃんは⁉」

慌てて寝台から飛び降りた。

裸足のまま、まだ満足に動けない体を引きずるようにして、赤ん坊の為に用意された小さな寝台に取りすがる。

そこにいたのは、金色の髪に、青い目の赤ん坊だった。

おくるみに包まれているので定かではないが、女の子であるように見える。

意識を失う前に見た我が子とは似ても似つかない赤ん坊を前に、カティアは悲鳴を呑み込んだ。

「私の赤ちゃんは……っ⁉　どこにやったの⁉　赤ちゃんを返して‼」

「それがあなたの赤ん坊です。カティア様」

ウィルダーンが、優しげに笑う。

その顔がまるで化け物のように見えて、カティアは床の上にへたり込んだ。

震えが止まらない。声すらも上げられなかった。

「ち、違うわ。私が産んだのは……」

「あなたに王子など産んでもらっては困るのですよ。陛下の子を産むのはスティーネでなければ」

スティーネとはウィルダーンの孫であり、ロルフィーの従妹にあたる娘だ。

元々ウィルダーンは彼女をロルフィーの妃に、つまりやがては王妃にすべく王太子妃にするつもりだったらしい。

娘を王妃にして宰相にまで上りつめたウィルダーンは、同じように一族の娘をロルフィーの妃にして後継ぎを産ませることで、権力を自らの手に留めておきたかったのだろう。

ウィルダーンはカティアの前に片膝をつき、屈み込む。

伸びてきた皺だらけの手から逃れようとカティアは顔を逸らそうとしたが、顎を痛いほどに摑まれてそれは叶《かな》わない。

唇が重なろうかというほどにカティアの顔に近づいたウィルダーンの瞳は、冬の湖のように冷酷だった。

「あなたの大切な赤ん坊は私が預かっています。大人しく従うことです」

「な……っ」

カティアは凍りついた。

「あ、あの子はあなたにとっても血の繫《つな》がったひ孫なのよ⁉　それを……」

「私にとっては血が繫がっているかどうかよりも、利用価値があるかどうかが重要なのですよ」

そう言い切るウィルダーンの冷たい瞳を見て、カティアは悟った。ロルフィーもカティアも、きっとスティーネも、ウィルダーンにとっては盤上の駒。

自分の思う通りに動かし、必要なくなれば切り捨てる。

カティアの産んだ赤ん坊も、きっとそうなのだ。彼にとっては死んでも惜しくない駒。

溢れそうになる涙を必死に堪えて、カティアはウィルダーンの目を見返した。

「ど、どうしろというの？　私に」

あの子を――赤ん坊を殺されるわけにはいかない。

ロルフィーが、あんなに喜んでくれたのだ。お腹の中の子に会えるのを、彼は本当に心待ちにしているのだ。

だから何としてでも守らなければ。ウィルダーンに従うことになっても。

ウィルダーンはカティアから手を離すと、その場に立ち上がった。

「何も難しいことをしろと言うわけではありません。あなたは国王陛下を裏切って不貞をはたらき、そしてこの子を産んだ。そう言い張って下さればいい」

カティアは目を剝いた。

「む、無茶よ！　そんなでたらめロルフィーが信じるわけないわ！」

「陛下が信じなければ、あなたの愛しい赤ん坊が死ぬだけだ」

カティアを見下《みくだ》すウィルダーンの笑顔は逆光で、影が差している。

何という恐ろしい笑顔だろう。

人間の皮をかぶった悪魔が、ここにいる。

「そ、そんな……っ」

「私に何かあれば赤ん坊を殺すように——赤ん坊を世話している者にはそう言い含めてありますからね。この場で私を殺したとしても、赤ん坊はあなたの手に戻りませんよ」

「……っ」

遂に絶句し、カティアは崩れ落ちるように床に手をついた。

床にあったはずの血溜まりは、綺麗《きれい》に掃除されていた。

生まれたのが男の子だと知っている産婆や出産に付き添ってくれた侍女は殺され、寝台に眠るのは金髪碧眼《へきがん》の赤ん坊。

この状況でカティアが本当のことを訴えたとしても、誰も信じてくれないだろう。むしろ夫の愛を笠《かさ》に着て、自分の不義を宰相の仕立て上げた罠《わな》だと都合よく吹聴する悪女にしか見えまい。

足掻《あが》いたところで無駄だ。ウィルダーンはきっと随分前から周到に準備を進めていたのだろうから。

(姦通罪《かんつう》……)

王妃が姦通罪で断罪されるなど前代未聞だ。恥ずべき罪を犯したと、誰もがカティアを罵り蔑む。

間違いなく、王妃の座を追われるだろう。

それだけではない。

姦通罪を犯した人妻が公衆の面前で首を斬られるのは既に前時代の風習だ。それでも妻の不貞に逆上し、または恥じた夫が自ら妻を手にかける事件は忘れた頃におこって世間を騒がせる。

(……ロルフィーに殺されるかもしれない)

彼は優しい夫だ。カティアを深く深く愛してくれている。

カティアの不貞を知れば、その愛情は激しい憎悪へと変わるだろう。

殺意を、抱かないとも限らない。

そこまで考えて、カティアは気が付いた。

「あなたは……それを狙っているのね」

床についた両手は、もう震えていなかった。

「ロルフィーに私を殺させて……彼から完全に実権を奪う気なのでしょう？」

「おや。存外頭の回転がいいのですね」

クックッとウィルダーンは肩を揺らした。

「そうです。裁判もなしに妻を切り殺した狂王——議会は彼が国の実権を持つことを危惧するでしょう。そうなれば実権は自動的に宰相である私に転がり込むことになる」

ロルフィーが若く経験も少なく即位した当時、それを理由にウィルダーンが握ることになった多くの権限は、ロルフィーが二十歳の誕生日を迎える日にロルフィーに戻されることになっている。その期限は数ヶ月後に迫っていた。

ウィルダーンは、それを阻止したかったのだ。

勿論、カティアを王妃の座から追いやって、そこにスティーネを据えるつもりでもあるのだろう。

（そんなことの為に……）

お腹を痛めて産んだ我が子を奪われなければならないなんて。

「そろそろ陛下が赤ん坊を見にいらっしゃる。覚悟を決めたらいかがです？」

靴音を響かせて、悪魔は部屋から出て行った。

床に座り込んだまま、カティアは呆然と壁を見つめる。
(できる……だろうか。私に)
ロルフィーを騙《だま》すことなど、出来るとは思えない。
嘘は苦手なのだ。
カティアが嘘をつくと、何故かロルフィーはすぐに見破ってしまう。
(けれど、彼を騙すことが出来なければ……)
遠く、ざわめきが聞こえた気がした。
ウィルダーンが言ったとおり、ロルフィーはすぐにここへやって来る。
覚悟を決めなければ。
『自分が何をやるべきか知っていて、勇気がある』
結婚したその夜に、ロルフィーはそうカティアを評した。
その時の彼の表情までも思い出し、カティアはたまらず目を閉じる。
過大評価だ。そんな大そうな女ではない。
——でも、彼の言うことなら信じられる。
(私は、やるべきことを知っていて……)
母親として、彼との間に生まれた子供を守らなければ。
そして王妃として、あの宰相から国を守らなければ。
(勇気がある……)

ロルフィーに殺されるわけにはいかない。

ウィルダーンの思い通りにはさせない。

「……」

カティアは覚悟を決めた。

夫を欺き、人々に嘲笑され、それでも生き抜く覚悟を決めた。


腰まであった長い髪を切られ、心なしか頭が軽くなった気がした。

牢獄《ろうごく》のように暗い修道院の一室。

高い位置にある小さな窓を、硬い寝台に座り込んだカティアはぼんやりと見上げていた。

そうしてどれくらいの時間がたったのだろう。

白い雲が流れる青い空が茜《あかね》色に変わり、そして暗くなった。

今やそこには星が輝き、三日月がぽっかりと浮いている。

ウィルダーンが画策したとおり、カティアは身に覚えのない姦通罪で断罪され王妃の座を追われた。

髪を切られることにも、離婚の書類に署名させられることにも、そしてこの海に囲まれた修道院に幽閉されることにも一切抵抗しなかった。する気力もなかったし、したとしても無駄だっただろう。

けれど、すべてがウィルダーンの思い通りになったわけではない。

ロルフィーはカティアを殺さなかった。――殺せなかったのだ。

『私を殺すの？　私を愛しているのに』

カティアは静かにそうロルフィーに問いかけた。

殺さないでと涙ながらに懇願すれば、それはきっと彼の憎悪を煽《あお》る。

燃え上がるような殺意に支配された彼の心に触れるには、水のように冷たい声で静かに語りかける方がいい。

感情豊かな彼は、すぐにカッとなる。でも決して愚かな人ではない。正常な状態でさえあれば、賢明な判断が出来る人だ。

一瞬でも冷静になってくれれば、彼はカティアを殺せなくなる。

国王《じぶん》が王妃《カティア》を殺すことで自分の立場が、国が、どんなふうに揺れるか――それを察した彼は、どんなにカティアを憎んでいたとしてもカティアを殺したくて堪らなくても、カティアを殺せないはずだ。

王としての彼に、賭けるしかなかった。

彼が涙を流したその瞬間は、張り裂けそうなほどに胸が痛んだ。

このまま殺されてしまいたいとすら思った。

でもロルフィーに妻殺しの汚名をかぶせるわけにはいかない。

それにどこにいるのかすら分からない我が子を残して、自分だけ楽になるわけにはいかない。

『私を、愛しているでしょう？　ロルフィー』

カティアは、賭けに勝った。

ロルフィーが振り下ろした剣は、カティアの首ではなく髪を切ったのだ。

（よかった……）

カティアは安堵《あんど》した。

勿論、命拾いしたことを喜んだわけではない。

これで数ヶ月後、ロルフィーの誕生日には予定通り彼に国王としての実権が戻される。

ウィルダーンの思惑を阻止し、且つ我が子の命を守ることが出来た。

それなのに、この虚しさは何だろう。

やり遂げたはずなのに、この空虚さは何だろう。

「……寒い」

ブルリと震えて、カティアは粗末な木綿の長衣一枚しか身に纏っていない自らの体を抱きしめた。

夜でも凍えるような時期ではないはずだが、出産直後で体が弱っているのかもしれない。

狭い部屋には暖炉なんて贅沢《ぜいたく》なものはなかった。着込もうにも着替えは薄物が数着。

食事は食堂に自分で食べに来るようにと、ローサという修道女に冷たく言われてしまった。洗濯も自分でしろ、と。彼女の冷たい眼差しに、自分が王妃ではなくなったことをカティアは痛感した。

この国で一番高貴な貴婦人として、温かな部屋で侍女にかしずかれて暮らしていた昨日までが嘘のようだ。

「ちょっと」

ノックもせずに、その修道女は扉を開けた。

「赤ん坊の世話くらいしなさいよ。ずっと泣いてるじゃない。うるさくってかなわないわ」

それだけ言うと、彼女は壊れるほど強く扉を閉じて行ってしまった。

「……」

カティアはゆるゆると首を動かして、赤ん坊用の小さな寝台を見る。

赤ん坊は、顔を真っ赤にさせて泣いていた。

いつから泣いていたのだろう。

――どうでもいい、と思った。

こんな赤ん坊どうでもいい。

誰の子供とも知れないし、カティアが世話する義理もない。

それなのに、胸が痛むように張る。

手が無意識に赤ん坊を抱き上げる。

「……」

カティアは衣服の釦を外し、赤ん坊の口にお乳を含ませた。

しがみつくようにして必死に母乳を飲む赤ん坊を見るうちに、カティアの凍てついた瞳に涙が滲む。

（あの子も……）

一度すら抱くことも叶わなかったあの子も、どこかで誰かに母乳をもらっているのだろうか。

途端に、赤ん坊はまた火がついたように泣き出した。

堪えきれなかった嗚咽《おえつ》のせいで体が揺れ、赤ん坊の口が乳房から離れる。

私があげたかったのにと、悔しさで唇を噛み締めた。

「あ……」

カティアは慌てて、自らの乳房を赤ん坊の口に寄せる。

すると赤ん坊は何事もなかったかのように、また無心で母乳を飲み始めた。

その様子を見て、可愛いとようやくカティアは思った。

「……名前を決めなきゃね」

窓を見上げる。

夜空に輝く月と星が、涙でぼやけて見えた。

〝生まれた子には星の名前をつけよう〟

耳に、ロルフィーの声が蘇《よみがえ》る。

「……アニ」

カティアは赤ん坊に、弱々しく微笑みかけた。
「アニというのはどう？　小さな星の名前なの」
赤ん坊から返事はない。
お腹がはってきたのか、彼女はお乳を飲みながらうとうとし始めている。
その金の巻毛を、カティアは優しく撫でた。
（あの子は……）
どこにいるのかも知れないあの子の名前はどうしようか。
〝男なら『カストル』〟
記憶の中で、ロルフィーが言った。
「……しょうのない人ね」
笑いながら、カティアは泣いた。
（カストル）
母乳をあげることも、抱き上げることも出来ない。
けれど、ここから祈るから。
ずっと祈るから。
どうかあなたが元気に育ちますように。
優しい誰かに抱きしめてもらえますように。
どうか、どうかどうか――……。

数日後。

カティアはローサから「その赤ん坊の父親が処刑されました」と伝えられた。

昨夜アニが一晩中ぐずっていたこともあり、疲れと眠気で朦朧《もうろう》としていたカティアは、そう聞いてもすぐに反応することが出来なかった。

「……父親？」

それは誰なのか。

緩慢に首を傾げるカティアのこの反応に、ローサは冷たい笑みを唇に滲ませる。

「冷たい女……夫を裏切ってまで閨《ねや》に引き入れた男が死んだというのに、涙すら流さないなんて。それとも密通相手が多すぎて誰だかわからないのかしら？　金髪碧眼の楽士だそうですよ。まだ思い出せませんか？」

「……」

そこまで言われて、カティアはようやくローサの言っている意味が分かった。

カティアの密通相手として、誰かが処刑されたのだ。

体中から血の気が引いていく。

人が死んだ。

金髪碧眼の楽士――それが誰なのか、判然としない。

遠い記憶の中に、王宮で開かれた夜会にそんな楽士がいたような気がする。

顔はおぼろげにしか思い出せないが、声が少しロルフィーに似ている気がしたのを覚えている。

処刑されたのは彼なのだろうか。

アニを抱く手が震えた。

（私のせいだ）

王妃が姦通罪を犯したのだ。当然、相手が探される。

処刑された楽士はおそらくカティアの密通相手として、ウィルダーンがあらかじめ用意していた男なのかもしれない。

その楽士は、きっとアニの本当の父親だろう。エドライドでは民族的に金髪碧眼が少なく、それを思えば楽士とアニが何の関係もないとは考えづらい。

「恥知らずな悪女。こんな女が我が国の王妃だったなんて、何て嘆かわしい」

ローサはそう吐き捨てると、扉を叩《たた》きつけるように閉めて行ってしまった。

恥知らずな悪女――その通りだ。

王妃として、母親として、最善を尽くしたつもりだったのに、結局は自分のことしか――夫と子供のことしか考えていなかった。そのせいで何の罪もない人を巻き込んでしまった。

（私が殺したようなものだわ）

カティアがウィルダーンの言いなりにならなければ、楽士が無実の罪で処刑されることもなかっただろう。

（私は、なんてことを……っ!!）

どうして、あの時ウィルダーンに従ってしまったのか。

他に何か方法があったのではないか。

そもそもウィルダーンがこんな無茶な策を実行に移したのは、カティアが逆らわないと踏んだからだろう。

（私が、もっと強ければ）

そうであれば、何かが違ったのではないかと思えて仕方がない。

自分の弱さが恨めしく、そして悲しかった。

牢獄にも似た石壁の小さな部屋で、カティアは己が犯した罪に怯え竦《すく》んだ。


その数ヶ月後に、ロルフィーは二十歳の誕生日を迎えた。

けれど彼に国王としての実権が戻されることはなかった。

カティアの不貞に動揺したロルフィーは、それまでの彼とは別人のように自堕落で滅茶苦茶な生活を送るようになり、議会は彼に国政を任せることは危険だと判断したのだ。

ロルフィーに実権を――カティアの望みは叶わず、事はウィルダーンの思惑通りに運んでしまった。

だが、もはやカティアには何も出来ない。

人質にとられた我が子のことを思えば、口を噤《つぐ》み続けるしかない。

民衆はカティアを『国王を裏切った悪女』と罵った。

やがてロルフィーも、自らの父親と同様に『ウィルダーンの操り人形』と蔑まれるようになった。

王室の権威は失墜。

人々は言った。『大国エドライドも、地に落ちたものだ』と。

第七章　悪女の涙

すやすやと眠るアニを挟んで、カティアとロルフィーは寝台の上に向かい合っていた。

「……ずっと黙っていてごめんなさい」

悪夢のような昔話の最後を、カティアはそう締めくくった。

ロルフィーは何も言わない。

アニの寝顔を見つめたままだ。

この沈黙に、カティアはふと不安を抱いた。

よくよく考えればこんな荒唐無稽な話、証拠もなしに信じてくれるものだろうか。

例えばローサに話したとしても、きっと鼻で笑われるだろう。悪女が人の心を惑わせ、とりいるために作った下手な作り話だと、本気にしてもらえないに決まっている。

「お前は……本当に酷い女だな」

唸《うな》るようにロルフィーが呟《つぶや》き、カティアはドキリとした。

やはり、信じてはくれないのか。

だが、そうではなかった。

「ずっとしらばっくれていたなんて、冷たすぎるんじゃないか？」

「――え？」

カティアは目を丸くして、ロルフィーを見返した。

ロルフィーは両腕を組み、まるで子供のようにむくれた顔でねめつけてくる。

「人質をとられたと、俺に伝える方法はいくらでもあっただろう？　赤ん坊の安全が最優先だったとはいえ、少しは俺のことを考えてくれてもよかったんじゃないか？　それともお前は俺が赤ん坊を返せと、ウィルダーンの胸ぐらを摑むような無謀な男だと思っていたのか？　俺だって咄嗟《とっさ》とはいえ騙《だま》されたふりくらい出来たぞ」

「ご、ごめんなさい……」

矢継ぎ早に恨み言を吐かれてカティアは思わず謝った。

それなのに妙に安堵《あんど》して、肩から無駄な力が抜けていく。

「信じて……くれるの？」

こんな荒唐無稽な話を。

何の証拠もないのに。

ロルフィーは組んでいた腕を解いて指先でカティアの額を軽く弾いた。

「お前が言ったことなら信じると、そう言ったはずだぞ」

少しおどけたように笑う彼の表情に、カティアの涙腺が急激に緩んだ。

そうだ。彼は四年前のあの日言った。

『他の誰が何と言おうと、お前の言うことだけを信じる』と。

あの絶望的な状況の中、必死にカティアを信じようとしてくれた。

でも、カティアはロルフィーを欺いた。

彼と彼の子供のためとはいえ、その純粋な心を斬りつけた。

どれだけ、ロルフィーは苦しんだのだろう。

それを思うと、どんなに謝っても謝り足りない。

（それなのにあなたは、まだ私を信じてくれるの？）

込み上げてきた涙を堪えきれず、俯《うつむ》いた。膝の上に揃《そろ》えた手の甲に、パタパタと透明な涙が落ちる。

あかぎれだらけの手に、涙が沁《し》みた。

その痛みごと、ロルフィーは大きな掌でカティアの手を包んでくれた。

「……四年前」

赤ん坊だったアニを見て、誰もがカティアの不貞を糾弾したあの日。

「お前が嘘《うそ》を言っているようにはどうしても見えなかった。だから、俺はお前が本当に俺を裏切ったんだと、そう思い込んだ」

カティアはしゃくり上げながら、顔を上げた。

ロルフィーは何かを噛《か》み締めるような表情で、カティアを見つめていた。

「よくよく思い返せば、確かにお前は一つも俺に嘘をつかなかったんだな」

――そう、カティアは一度もロルフィーに嘘をつかなかった。

〝この子の父親は、あなたじゃないわ〟

〝仕方がなかったの〟

下手な嘘をつけば、ロルフィーに見破られる。だから嘘は言わなかった。

その上でロルフィーを騙さなければならない。

必死だった。

声が震えないように、淡々とした口調で話した。

泣き出さないように表情を殺した。

それがあたかも自らの罪を罪とも思っていない恥知らずな『悪女』に周囲には見えたのだ。

「まんまと騙された。お前は本当に大した悪女だな」

参った、とロルフィーは笑った。

太陽のような、あの笑顔で。

「ごめんなさ……っ」

騙してごめんなさい。

苦しめてごめんなさい。

ちゃんと謝りたいのに、嗚咽《おえつ》を堪えることができない。

カティアがすすり上げるたびに、短い髪が揺れた。

その髪に、ロルフィーが指を差し込む。

「謝るのは、俺の方だ」

ロルフィーの笑顔が、くしゃりと歪《ゆが》む。

「すまなかった。俺は何も知らないで……自分だけが苦しんでいるつもりだった。お前を酷い言葉で責めて、この髪も……」

言葉を詰まらせるロルフィーに、カティアは首を振る。

「いいの」

「だが」

「いいの」

重ねて、カティアは彼を制した。

言葉にならない彼の後悔が大きな手の温もりから伝わってくる。

ロルフィーを責める気には、とてもなれない。

眠っていたアニが身動いだ。

夢を見ているのか唇を小さく動かしている。何を言っているのかは分からなかったが、楽しそうな表情が可愛くて、カティアは涙を拭いて微笑んだ。

カティアの手を包むロルフィーの手に、力がこもる。

「俺は強くなる」

見れば、彼もアニを見て微笑んでいた。

「今度こそお前を——アニを守る。カストルを取り戻して、ウィルダーンの罪を明らかにしてみせる」

「ロルフィー……」

カティアを見て、彼は言った。

「約束を守らせてくれ」

美しい紫の瞳に見つめられ、カティアは思い出した。

紫に染まる地平線を眺めながらロルフィーがカティアにしてくれた〝幸せにするよ〟という約束。

あまりにも幸せで美しい思い出は、もはや現実感が伴わない。あれは夢の中の出来事だったのではとすら思う。

だからだろうか、カティアは頷《うなず》くことに躊躇《ちゅうちょ》した。

当然、カストルを取り戻したいとは思う。力いっぱい抱きしめたい。ウィルダーンに怯《おび》えることなく、ロルフィーと共にカストルとアニを育てることが出来たらどんなにいいだろう。

でももしここで頷いてしまったら、ロルフィーはカティアの願いの為に無茶なことをするのではないか。

どこにいるとも知れないカストルを探し出すことも、あの狡猾《こうかつ》なウィルダーンの罪を明らかにすることも容易なことではない。

こうしてカティアとロルフィーが会っていることがウィルダーンに知られたら、それだけでカストルの身を危険に晒《さら》してしまうかもしれないのだ。カストルだけではない。ロルフィー自身の立場も危うくなる。

嵐のような臆病風に吹かれて、カティアは顔を青くした。

「わ、私はそんなつもりで話したわけじゃないわ」

ロルフィーの手を握り返し、首を振る。

「お願い。危ないまねはしないで。カストルのことは勿論《もちろん》取り戻したいけれど、でも」

真実を話してしまったことをカティアは早くも後悔していた。

分かってはいるのだ。

アニがカティアを悲しませないためにローサからの暴力を黙っていたように、どんなに苦境に耐えたところでそれだけで事態が好転することはない。

（私は、間違っていたのかもしれない）

理不尽な圧力に屈するべきではなかった。

だからと言ってあの状況でどうすることが正解だったのかは分からないが、少なくとも耐えるだけでは、アニを守れない。カストルは取り戻せない。ロルフィーの傍にいることすら、許されない。

けれど何か行動をおこせば、僅かに残っている希望すらも指の隙間から零れ落ちてしまうのではと思うと怖くて堪らなかった。

「カティア。俺はカティアが思っているより、カティアを知ってる」

聞き覚えのある言い回しに、カティアの心臓がドクリと鳴った。

〝自分が何をやるべきか知っていて、勇気がある〟

彼の言葉はカティアにとって、いくじなしの自分を奮い立たせるための魔法の言葉だった。

「カティア。俺を信じてくれ」

ロルフィーの眼差しは揺らがない。

彼のこんな目を見たのは初めてな気がする。

十八歳で即位した時から彼は懸命に強い王であろうと努めていたが、どこか自信のなさが隠しきれなかった。

ウィルダーンに負けまい侮られまいと肩に力が入れば入るほど、彼は焦っているように見えた。

でも、それが今はない。

「お前が信じてくれたら、それだけで俺は強くあれる」

強い眼差しと大きな手の力強さに、カティアの心は揺れた。

頷いてしまいたい。頷いてしまおうか。

「……だけど」

消え入りそうな声で、カティアは告白した。

「私がウィルダーンのいいなりになったせいで、無実の人が死んだの。アニの父親は私のせいで……それなのに」

それなのに、幸せになる為に踏み出すことが許されるのだろうか。

カティアの密通相手として処刑されたあの楽士はアニを抱きしめることすら叶《かな》わず、罪人としてエドライドの土に還ったのに。

「それはお前だけの罪じゃない」

ロルフィーの声に淀《よど》みはない。

だが、カティアは震えた。

「でも、ロルフィー」

「今までお前だけに背負わせてすまなかった。これからは、俺も背負う」

彼はそう言うと、カティアを力づけるように微笑んだ。

その微笑みから目を逸らすことが出来ない。

カティアの琥珀《こはく》色の瞳に、また涙の膜が張る。

瞬きと同時に頬に零れたのは、温かな涙だった。

この四年の寂しさや後悔、不安。全てが涙に洗い流されていく。

「二人で、償っていこう――アニに」

「……っ」

カティアは深く頷いた。

黒壇の調度品で統一された部屋は燭台《しょくだい》の灯が煌々《こうこう》としているにも関わらず、暗く陰鬱として見える。

そこは王宮の一角。宰相ウィルダーンにあてがわれた部屋だ。

暖炉の前の円卓には場違いなほど鮮やかで色とりどりの菓子が並び、葡萄《ぶどう》が描かれた白い茶器からは緩やかに湯気が漂っていた。

その穏やかな湯気が、金切り声に掻《か》き消される。

「陛下はどこに行ったの⁉」

スティーネは乱暴に円卓を叩《たた》いた。

茶器が揺れてお茶が零れ、白いテーブルクロスに褐色の染みが広がっていく。

けれどスティーネはそんなことを気にする様子も見せず、更に円卓を叩いた。

「早く陛下を連れてきて‼　早く‼」

食器類が揺れて擦れ合い、優美に積まれていた焼き菓子が崩れて転がっていく。

控えていた侍女が慌ててそれを拾い、スティーネを宥《なだ》めにかかった。

「落ちつかれませ、お嬢様。お召し物が汚れてしまいます」

「落ち着けって言うの⁉　こんなに可哀想な私に⁉」

スティーネは途端に涙ぐみ、わっと泣き出した。

「酷いわ！　酷い！　どうして誰も私を慰めてくれないの⁉　陛下はちっとも私に優しくしてくれないのよ！　私が泣いても知らんぷりでどこかへ出かけてしまったし‼」

つまり、スティーネはロルフィーに相手にしてもらえないことが面白くないのである。

八つ当たりじみたこの不平不満に侍女は飽き飽きした顔で溜息《ためいき》を押し殺しているが、円卓を挟んでスティーネと向かい合うウィルダーンだけは涼しい顔でお茶を飲んでいる。

孫娘の癇癪《かんしゃく》など、彼にとってはどうでもいいことなのだ。

部屋付きの侍従が足音もたてずにウィルダーンの元に近づき、手紙を差し出した。

「例の修道院からでございます」

「何？」

ウィルダーンは侍従から鳥の羽根を象ったペーパーナイフを受け取り、それを使って手紙の封を切る。

「何て書いてありますの？」

ぴたりと泣き止んだスティーネが、興味津々とばかりに身を乗り出した。

手紙に目を通したウィルダーンは、素っ気ない素振りで手紙を孫娘に手渡す。

「自分で読むがいい」

「いいんですの？」

嬉《うれ》しそうに手紙を読み始めたスティーネは、幾らもたたずに顔色を変えた。

「ロルフィー陛下が……カティア妃と会っているですって⁉」

「昨夜、王宮にお戻りにならなかったのはそういうことらしい」

「な……っ」

ブルブルと震えながら、スティーネは美しい顔を嫉妬と羨望に歪める。

「まさかカティア妃と？　私という婚約者がありながら……っ!!　いやああ!!」

スティーネは喚き散らしながら手紙をちりぢりに破り捨てると、駄々をこねる子供のように絨毯《じゅうたん》の上に突っ伏した。

「いやよ!!　いやいや!!　こんなにこんなに好きなのに！　どうしてロルフィー陛下は私を好きになってくれないの!?　あんな陰気な女の何がいいの!?」

泣き叫ぶスティーネを何とか宥めようと、侍女も必死だ。

「お、お嬢様！　新しいドレスを仕立ててみては？　綺麗に着飾って、陛下を驚かせてやりましょう！」

ひきつった笑顔で四苦八苦する侍女を横目に、ウィルダーンはうんざりした。

(同じ女だというのに、こうも違うものか)

脳裏によぎるのは、盛装を優美に着こなすかつてのカティアの姿だ。

立ち振る舞いから喋《しゃべ》り方まで、カティアはまさに完璧だった。

片やスティーネときたら、顔はとびきり良いが傲慢で我儘《わがまま》で頭が弱い。両手の数ほど家庭教師をつけたというのに最低限の教養しか身に付けることが出来なかったし、あちらの令嬢と喧嘩《けんか》して髪を引っ張ったただの向こうの王族と口論して足を踏みつけただの、事あるごとに問題を起こす。侍女に熱いお茶をかけて、大火傷を負わせたこともあった。

その侍女は金貨を握らせて屋敷から追い出したが、名家や王族相手にはそうもいかない。ウィルダーンは火消しのために毎回大金を払い、時には便宜を図らざるをえなかった。

それなのにスティーネは何食わぬ顔なのだ。

『ごめんなさい、お祖父様』と口だけ謝ってみせるものの、反省の色など終ぞ見せたことはない。自分が何をしでかそうとウィルダーンがとりなしてくれると、スティーネは高を括っているのだ。

（五年前のことにしても……）

瞼《まぶた》を閉じて、ウィルダーンは溜息をつく。

五年前。ロルフィーが即位して一年がたった頃。

スティーネはとんでもないことをしでかした。

身籠ったのだ。

『何ということをしたのだ!!』

ウィルダーンは烈火のごとく怒り狂った。

そもそもスティーネはロルフィーの妃にすべく育ててきた。

前王《せんおう》の死後、即位したロルフィーが若いことを理由として宰相であるウィルダーンが万事を決済できる権限を持ってはいたものの、それもロルフィーが二十歳になるまでのこと。

権力を維持するためにはスティーネにロルフィーの息子を――次期王位継承者を産んで

もらわねばならない。

　スティーネにもそのことは常々言い聞かせてきた。

　頭が弱いスティーネに権力の維持だの小難しい話が理解出来ていたとは思えなかったが、幼い頃からロルフィーがお気に入りだった彼女は『ロルフィーと結婚する』という一点だけは理解し、そしてそれを指折り数えていた筈《はず》だった。

　それが妊娠。

　しかも相手は何の身分も財も持たない、しがない楽士だという。

『だって……だってあの楽士は声がロルフィー陛下にそっくりだったんですもの！』

　啜《すす》り泣きながら、スティーネは弁解する。

　唯一の取り柄の美しい顔は、涙で化粧が崩れて見るに堪えないものだった。

『一晩だけでいいって懇願されて、まるでロルフィー陛下に求められているみたいで……だから、だから私……』

　金髪碧眼《へきがん》のその楽士を、ウィルダーンも知っていた。見目良く歌が上手いと評判になり王宮の宴に呼ばれたところを、スティーネが気に入って屋敷に部屋を与えたのだ。

　貴族や王族が、気に入った絵師や楽士をお抱えにすることはままあること。そう思い好きにさせていたのに、まさかこんなことになるなんて。

『お祖父様がいけないのよ！　ロルフィー陛下と結婚させてくれるって言ったくせに、陛下と結婚したのは小国から来たあの陰気な女じゃない！　悪いのはお祖父様よ!!』

ステイーネは長椅子に突っ伏すと、わんわんと大声で泣き始めた。

この時ばかりは、さすがのウィルダーンも頭を抱えた。

スティーネが言うように、確かにウィルダーンはロルフィーの妃にスティーネを据えるつもりでいた。その為に早い段階から色々と根回しをしていたというのに、それをあの操り人形がたった一言で覆したのだ。

『ロルフィーには他国から妃を迎えさせる』

病弱で気弱。ウィルダーンの操り人形と誹《そし》られた前《さき》の国王。

それまではまともに自分の意見を口にすることすら滅多になかったのに、いざロルフィーの妃を選ぶ議題になった途端に口を開いて周囲を驚かせた。

王の意向と宰相《ウィルダーン》の意向の相違に周囲は戸惑い、ウィルダーンにしても廷臣達の手前、王の強い希望を無視することもできない。色々と裏から妨害工作はしたものの、最終的にロルフィーの妃はカティアに決定してしまった。

返す返すも腹立たしい。飼い犬に――いや操り人形に手を噛まれるとは。

だからロルフィーとカティアが結婚して二年目に前王が死んだ時、ウィルダーンは豪奢《ごうしゃ》な棺にキスしたいほどに狂喜した。

やっと死んでくれたか、と。

王位を継承したロルフィーは若く直情的で、操りやすい。新しい操り人形を手に入れてウィルダーンは至極機嫌が良かった。だが、それで満足するつもりはない。

王妃にすることは叶わなかったが、せめてスティーネをロルフィーの側室にして、次の操り人形を産ませなければ。

この頃にはロルフィー本人は断固拒否してはいるものの、ロルフィーに側室を迎えさせるべきだという意見が強まり、それは議会でも議論されるところとなっていた。

もう一押しだ——スティーネを側室にすることさえできれば、後はどうとでもなる。

スティーネが妊娠したのは、そんな時だったのだ。

『お、お祖父様。どうしよう。私もうロルフィー陛下の側室にはなれないの？　あの楽士と結婚するしかないの？』

肩を震わせてしゃくり上げるスティーネに、ウィルダーンは呆《あき》れかえった。

この馬鹿娘は、まだ自分がしでかしたことの重大さが分かっていないらしい。

国王の側室候補は処女であることが大前提だ。それにも関わらず男を通わせていたどころか身籠ったなど、世間に知られれば物笑いの種になることは目に見えている。勿論、側室にあがるなど夢のまた夢。だからと言って楽士と結婚などもってのほかだ。それこそいい笑いものになってしまう。

——堕胎させるしかない。

何もなかったことにしてしまうのだ。

他に孫娘がいない以上、スティーネにロルフィーの子供を産ませるより他にない。

幸いスティーネが身籠ったことを知る者は少なく、その者全員の口を塞ぐなど造作もないことである。

躊躇も、良心の呵責《かしゃく》も一切なかった。

スティーネのお腹に宿る小さな命など、大国エドライドを手に入れる野望を前にすれば憐《あわ》れむほどの価値もない。

カティアが懐妊したという一報が舞い込んできたのは、ウィルダーンが医師を呼ぼうとしたその矢先だ。

まさか、とウィルダーンは耳を疑った。

実はカティアの傍近く仕える侍女の中に、配下の者を潜り込ませていたのだ。その者に命じてカティアの食事に月経の周期を狂わせる薬を混ぜさせていた。作用がすぐにはあらわれないため、毒見係にも気づかれにくい薬だ。

月経の周期が狂えば当然受胎もしにくくなる。正妃が身籠らなければ側室を、という話になるのは自然の流れだ。全てはウィルダーンの狡猾な企みだった。

それにも関わらず身籠るなど――。

ふと、ウィルダーンは気が付いた。

これは好機だ。

無能な王族から、この豊かな大国を奪う絶好の機会。

――赤ん坊を取り換えよう。

カティアが産む赤ん坊と、スティーネが産む赤ん坊。

生まれるのは丁度同じ頃だ。

この二人を入れ替えれば面白いことになる。

王族ご自慢の美しい紫の目を逆手に取るのだ。

カティアの産んだ子供が紫の目をもたないとなれば、ロルフィーはカティアが他の男と通じたと考えるだろう。

あのロルフィーのことだ。頭に血が上り、その場でカティアと赤ん坊を手にかけるかもしれない。

妻を切り殺した王に国事を任せることを、議会は憂慮するだろう。彼らが宰相であるウィルダーンを頼るのは目に見えていた。

ロルフィーに代わり国を治め、頃良い時にスティーネを新しい王妃に据えて次期王位継承者を産ませる――突飛ではあるが、無茶な策だとは思わなかった。

むしろ、天にそうしろと勧められているようにすら感じた。スティーネの妊娠にしろカティアの妊娠にしろ、そうとしか考えられないタイミングだったからだ。

粛々と、ウィルダーンはやるべきことをした。

スティーネは屋敷の奥深くに閉じ込め、対外的には『自領に帰った』ということにした。

夜な夜な夜会で大騒ぎしていたスティーネが領地に引っ込んだことに世間は首を傾げたが『カティア妃の懐妊にショックをうけて』と説明すれば誰もがなるほどと頷いた。それだけスティーネのロルフィーに対する執心ぶりは周囲に浸透していたのだ。

軟禁生活に嫌気がさしたスティーネはしょっちゅう癇癪を起こしては当り散らしていたが、これについては放っておいた。侍女がどうにかするだろう。

そして例の楽士は、咽を潰して屋敷の地下牢《ちかろう》に幽閉した。

大事な駒を孕《はら》まされたことを思えば嬲《なぶ》り殺しにしてやりたかったが、カティアの密通相手として王宮前の広場で首を刎《は》ねるまでは生かしておかねばならない。

下男が食事を持っていく毎に、楽士は掠《かす》れて聞き取れない声で『スティーネお嬢様は？』と訊《き》いてきたらしい。

スティーネにとって単なる戯れにすぎなかった関係は、楽士にとってはそうではなかったようだ。

この馬鹿な男は自分が既にスティーネに忘れ去られているなど露知らず、スティーネも自分と同じようにどこかに閉じ込められていると思い込んでいた。『俺のせいで』と牢で涙を流す楽士は、滑稽以外の何者でもなかった。

そして十月十日《とつきとおか》の後。

スティーネは金の髪に青い目の女児を産んだ。

『ああ、やっと生まれてくれた』

出産を終えてせいせいしたという様子のスティーネに、ウィルダーンはさすがに呆れてしまった。短いようで長い妊娠期間、一度として彼女はお腹の赤ん坊を愛おしむ素振りは見せず、そして生まれてきた赤ん坊にも一切興味を示さなかった。

その二日後、カティアは黒髪に紫の目の男児を出産。

その日のうちに、赤ん坊は計画通り密かに取り換えられた。

『ロルフィーに私を殺させて……彼から完全に実権を奪う気なのでしょう？』

赤ん坊を奪われ、王妃の地位を追われる未来を目の前にして泣き濡《ぬ》れるカティアは、想像を絶するほどに哀れで艶めいていた。

その姿を目にして、ウィルダーンは珍しいことに躊躇した。良心の呵責などという、善良な理由ではない。惜しいと思ったのだ。

亜麻色の髪の、若く美しい王妃カティア。

小国の小娘と侮っていたウィルダーンは、彼女と初めて会ったその日、そのしっとりとした美貌に目を見張った。

聖母のように清らかに微笑む彼女が寝所でどんなふうに乱れるのか、想像すると老いた身体に力が湧く。

女など子を産むか欲を吐き出す道具くらいにしか思っていなかったウィルダーンにとって、カティアは特別な存在だったのだ。

侵し難い聖域。だからこそ、思うままに踏み荒らしてみたい。

ロルフィーのような小童のものであることが腹ただしいと日頃から思ってはいたが、かと言って死なせるのはあまりに惜しい。

だが大国エドライドの支配権と天秤《てんびん》で比べれば、どちらに秤が傾くかは明白だ。

たとえ聖母でも、女は女。たかが女一人の為に、目的を断念することなどありえない。

ウィルダーンは未練を振り切って計画を断行した。

計画は面白いほど思い通りに進んだ。

生まれたとされる赤ん坊を見て、ロルフィーを含む誰もが息を呑んだ。赤ん坊の目を見ればカティアが不貞を犯したことは明白で、そのカティアは真っ白な顔で『仕方がなかった』と言い訳を口にするばかり。

そして妻に裏切られたと逆上したロルフィーは、カティアに向けて長剣を振り上げ――

ウィルダーンはほくそ笑んだ。全ては予定通り。

だがそこから、予定していた筋書と現実に、僅かではあるがズレが生じ始めた。

ロルフィーは、カティアを殺さなかったのだ。

彼が振り下ろした剣はカティアの美しい亜麻色の髪を切っただけで、カティアは王都から離れた修道院に幽閉されることになった。

筋書は多少変わったが、結果としては悪くない。

精神不安で生活が荒れたロルフィーに国事の決定権を持たせることを恐れた議会により、エドライドの全権はそれまでと同様引き続きウィルダーンに任されるに至ったからだ。

あとは予定通り、頃合いを見てスティーネをロルフィーに嫁がせればいい。

ウィルダーンの悪事を全て知るカティアが生きていることは、多少なりとも憂いを残すことになるが、カティアがそれを暴露するとも思えなかった。

ウィルダーンの手元には、カティアが産んだ赤ん坊がいる。我が子の身を思えば、彼女は口を噤《つぐ》み続けるしかない。仮に何かを訴えたとしても、『悪女』に仕立て上げられた彼女の言うことに、誰も聞く耳は持たないだろう。

笑いが止まらなかった。

誰も彼もがウィルダーンの思い通りに動くのが、愚かで哀れで、本当に面白かった。

――それが、ウィルダーンにとっての四年前の真実だった。

「どうするのよ‼　お祖父様‼」

孫娘の金切り声で、ウィルダーンは長い回想から我に返った。

「ようやく婚約にこぎつけたのに‼　あの女のせいでロルフィー陛下はちっとも私を見てくれないじゃない‼」

床に転がって駄々をこねることに飽きたらしいスティーネは、今度は立ち上がり地団太を踏んでいる。

その姿を見やり、ウィルダーンは心ひそかにロルフィーに同情した。

カティアを見慣れていれば、こんな女抱く気にもなれないだろう。我が孫とはいえ、品性の欠片もない。

（さて、どうしたものか）

状況から察するに、ロルフィーはカティアからすべてを聞いたと考えていいだろう。

そうだとしても、ウィルダーンが慌てる必要はない。何故なら、ロルフィーに打つ手はないのだ。

人質である例の赤ん坊――すでに幼児だが――は、ウィルダーンの持つ広大な領地に隠してある。国王の権限で領地に入ることは出来たとしても、ロルフィーに子供を探し出す術はないだろう。

子供という証拠がなければ、ウィルダーンの罪状を明らかにすることも、カティアの無実を証明して王妃に復位させることも出来やしない。

証拠もなしにウィルダーンを糾弾すれば、逆に自分が王位を失いかねないことくらいはあのロルフィーにも分かるだろう。

自らの地位を守るためには、ロルフィーは見て見ぬふりをするより他ないのだ。

かと言って、すべてを知ってしまった彼が大人しく操り人形でいるとも思えなかった。

これまで以上にウィルダーンに反発するだろうし、少なくともスティーネを妃として受け入れることだけはあるまい。間違いなく、スティーネが次期王位継承者を孕むことは未来永劫《みらいえいごう》ないだろう。

（となると……）

操ることが出来ない操り人形など、邪魔なだけだ。

ウィルダーンは椅子から立ち上がり、扉に向かう。

「お祖父様？」

スティーネは怪訝《けげん》な顔をしてその背に呼びかけた。

「どこに行くの？　お祖父様？　――ねえ!!　何とかしてくれるんじゃないの⁉　お祖父様ったら!!　陛下を呼び戻してよ!!　カティアなんかに会うなって……私を大事にしなさいってロルフィー陛下に命令してよ!!」

必死に叫ぶスティーネの声など、もはやウィルダーンの耳には届いていなかった。

彼にとって重要なのは、血が繋《つな》がっているかどうかよりも利用価値があるかどうか。

今この瞬間。ウィルダーンにとって、スティーネの利用価値は砂塵《さじん》に帰したのだ。

「お祖父様!!」

ちらりと振り返ることもせず、ウィルダーンは部屋から出て行った。

第八章　毒蛇

「離宮に移るぞ」

ロルフィーがそう宣言すると、枕を背もたれにして寝台に座っていたカティアは少し戸惑うような顔を見せた。

「離宮に？」

「りきゅー？」

カティアの傍で人形遊びをしていたアニを、ロルフィーは両手で抱き上げる。

「お城だ。小さいけどな」

「星雪姫がいるみたいなお城⁉」

「そうだ。アニも一緒に行こうな」

「行く行くー‼」

興奮して暴れるアニを抱え直し、ロルフィーは寝台に腰を下ろしてカティアと向かい合った。

「一度行ったことがあるのを覚えているか？　さほど広くはないが警備もしっかりしてい

る。人数は少ないが、信頼できる侍女と侍従も揃《そろ》えた」

カティアが倒れてから十日。

ノイが処方した世にも苦い薬湯のおかげで、カティアの容態は安定している。この様子なら少し長い移動をしても問題ないだろう。

ウキウキと嬉《うれ》しそうなアニとは対象的に、カティアは浮かない顔だ。

「どうして？　ここにいてはいけない理由でもあるの？」

「さすがにそろそろ王宮に戻らなければならないからな」

毎日こなさなければならない政務が、ロルフィーにはほとんどない。ウィルダーンに実権を奪われているからだ。

だからこそこの修道院にこれだけ長く滞在しても大した問題は起こっていないのだが、それもさすがに限界だ。

だが、この修道院にカティアとアニを残して王宮に戻るのは心配だった。

「カティア様」

部屋の扉が開き、その隙間から顔を覗《のぞ》かせたのは若い修道女達だ。

「失礼いたします。お加減はいかがですか？」

入室を許可したわけでもないのに修道女達は不躾《ぶしつけ》に部屋に入り込んできた。そして戸惑うカティアににじり寄る。

「お顔の色がよろしいようで安心しました」

「御髪を梳《す》きましょうか？」

「果物をお持ちしたんですよ。いかがです？」

カティアは曖昧に笑って、首を振った。

「いいえ、結構です。髪も自分でできますから。心配して下さってありがとう」

迷惑です、と顔には書いてあるがカティアはそれを容易に口に出来る気質ではない。

それをいいことに修道女達はずうずうしく部屋に居座る様子だ。

「まぁ、心配するのは当然です」

「ええ。カティア様と私達の仲ではないですか」

果物を持ってきた修道女が、ロルフィーの前で膝を折った。

「陛下もお一ついかがですか？」

形良く切られた桃からは芳しい香りがしたが、ロルフィーは手を出す気にはなれなかった。

「いや、遠慮する」

「まぁ、残念。ではアニ様いかがですか？　どうぞ？」

「……」

皿を捧《ささ》げ持つ修道女はにこやかに勧めたが、アニは何も答えずにロルフィーにしがみつく。

この反応に修道女の頬がやや引き攣《つ》ったが、彼女はすぐにそれを取り繕った。

「桃は嫌いだったかしら？　林檎《りんご》の方がお好きですか？」

「果物なんかよりも、私と鬼ごっこをしましょう？　アニ様」

横から仲間の修道女が口を挟む。

「それともお花を摘みましょうか？」

「アニ様、仲良くいたしましょう？」

寄って集《たか》られ、アニはロルフィーの胸に逃げるように顔を埋めた。

ロルフィーは呆《あき》れて溜息《ためいき》をつく。

この客室には、寝台が一つしかない。このため、修道女達はカティアがロルフィーの愛人になったのだと邪推したらしい。

(愛人も何も……)

書類上は離婚してはいるが、ロルフィーにとってカティアは最愛の人だ。それは今も昔も変わらない。

確かに、ロルフィーはカティアと同じ寝台で休んでいた。大きな上等の寝台なので、ロルフィーとカティア、そしてアニが三人並んでも十分手足を伸ばしてゆっくり眠ることが出来る。

すぐ傍に感じるカティアの寝息と温もりが気にならないと言えば嘘になるが、アニが隣にいるというのに妙な行為が出来るわけがないし、しようとも思わない。指先に口づける程度が関の山だ。

つまり修道女達が想像するようなことは一切ないのだが、誤解した彼女達の態度は露骨だった。

何かと理由を見つけては、客室にカティアのご機嫌伺いにやって来る。

愛想笑いで媚《こ》びへつらう彼女達は滑稽で、そしてロルフィーの苛立ちを煽《あお》った。

あかぎれだらけのカティアの手を見れば、彼女がこの修道院でどんな扱いを受けていたかはよく分かる。彼女のことだ、押し付けられるままに誰もが厭《いと》う仕事をこなしていたのだろう。アニもきっと邪険にされていたに違いない。

カティアとアニがそんなつらい生活に甘んじていたのは、ひとえにロルフィーの責任だ。ウィルダーンの企みに気づかずに、カティアの美しい髪を無残にも断ち切った。

ロルフィーに修道女達を責める資格はない。

とは言え、カティアがロルフィーと寝室を共にしていると見るや、慌てて態度を改めるのは如何なものだろう。

結局彼女達は、相手が罪人であろうがなかろうが関係なかったのだ。

カティアへの仕打ちも正義感からなどではない。自分が絶対的優位に立つ優越感に酔っていただけ。

そんな修道女達も、今やカティアとアニに媚《こ》びへつらうことに必死だ。ロルフィーを後ろ盾にして、カティアから復讐《ふくしゅう》されることを恐れているのだろう。自分達がしてきた行いを本気で悔いているわけではない。

ロルフィーは改めて、自らが持つ権力という力の恐ろしさを教えられた気がした。

その力を前にすると、人は良くも悪くも変わってしまう。

その力に魅入られてしまえば、人は誰でもウィルダーンのような化け物になってしまうのだろう。

「下がれ」

ロルフィーはアニを抱えたまま立ち上がると、修道女の一人を扉の方へ押しやった。

「いちいちお前達の相手をしていたら、またカティアの胃に穴があく。呼んでもないのに入って来るな」

紫の双眸《そうぼう》で睨《にら》みつけると、修道女達は顔を青くして震えあがった。

「も、申し訳ございません！」

「失礼いたします！」

「あ、あの。何か御用がありましたら何なりと……」

食い下がろうとする修道女を、ロルフィーは我慢できず怒鳴りつけた。

「下がれ!!」

「は、はいい!!」

逃げるようにして、修道女達は部屋から出て行った。

廊下を走り去る音が聞こえなくなってから、アニがポツリと呟《つぶや》く。

「大きい声」

怖がらせたかと、ロルフィーは声を荒げたことを後悔した。

この子の父親が自分であればと——その思いは今もロルフィーの中で少しも揺らいではいない。

時期が来れば正式にアニを養女にして、王女の称号も与えるつもりでいた。

「怖かったか？」

「ううん!!」

ニコリと笑い首回りに抱きついたアニの背を、ロルフィーは軽く叩《たた》くようにして撫《な》でた。

「——とにかく。これでは静養するにも出来ないだろう？」

また寝台に腰かけて、カティアに目をやる。

ノイから心身共に休養させよと言われているのに、こんな状態ではカティアの気が休まらない。

それにあのローサという修道院長のことも気になった。

彼女は他の修道女と違って、カティアの様子を見に来ない。

媚びへつらわないことが気に入らないわけではないのだ。むしろ国王《ロルフィー》を前にしてその権力にひれ伏さない自尊心は驚嘆に値する。

だが価値観という自らの思い込みに支配された人間は、その価値観から外れた対象に何をするかわからない。

カティアとアニを、そんな危険人物の傍に置いておきたくなかった。

離宮であればここよりも王宮に近いし、ロルフィーも頻繁に顔を出すことが出来る。カティアに少しでも近くにいて欲しいというのが正直なところでもあった。

カティアが、目を伏せる。

「でも私は罪人だし、それなのに離宮になんて……」

「確かにお前は大罪人だ。四年も俺の傍を離れた」

短い亜麻色の髪に指を差し入れ、昔と変わらない感触をロルフィーは確かめた。

「だから償え。二度と傍を離れるな」

「でも」

「たまには素直に頷《うなず》け」

自分の罪を棚に上げて、ロルフィーは我儘《わがまま》を押し通した。

琥珀《こはく》色の瞳を戸惑いに揺らしながら、カティアは小さく微笑む。

「相変わらず、困った人」

光が零れ落ちるような微笑みに、ロルフィーの胸で熱が疼《うず》く。

どっちが〝困った人〟だ。

彼女は自分がほんの少し口角を上げるだけで、ただ振り返るだけで、その声だけでロルフィーの心を掻《か》き乱すことが出来るなんて思ってもいないのだろう。

ふと見ると、アニが自らの目をカエデのような両手で塞いでいる。

「アニ？　どうした？」

「アニは見ちゃいけないんでしょう？　見てないから、だからどーぞ？」

目を塞いだまま言うアニにロルフィーとカティアは目を見合わせ、同時に噴き出した。

「やだわ。この子ったら」

「だが、せっかくだ」

ロルフィーは身を乗り出すと、無防備だったカティアの唇に口づけた。

啄《ついば》むようなキスは実を言えば物足りなかったが、柔らかな感触に心が躍らずにはいられない。

身を離すと、カティアはまるで林檎のように真っ赤な顔で目を吊《つ》り上げている。

「な、な……っ」

パクパクと口を開け閉めする顔も可愛い。

もう一度口づけたくなったが、そうすればきっと彼女は本気で怒り出すだろう。我慢するしかない。

（この悪女）

きっとこの先も、カティアのちょっとした表情や仕草にロルフィーは少年のように簡単に恋に落ちるのだ。そんな未来を思い描けることが、ひどく幸せだった。

ほんの十日前は、目にはいる物すべてが色褪《あ》せて見えていた。

アニは本当は自分の娘なのではないかという希望を打ち砕かれて、その腹いせのようにカティアを強引に抱いて——そんな自分への嫌悪感と、そして突き放された心の痛みに苦しみながら、それでもカティアに一目会いたくてこの修道院に来た。

あの時は、まさか自分の世界がまた光を取り戻すだなんて思ってもいなかったのに。

「キスできた?」

まだ目を覆ったままのアニの頭を、ロルフィーは優しく撫でる。

「ああ。気を遣ってくれてありがとう。アニ」

「ロルフィー!!」

カティアの悲鳴じみた非難の声を無視して、ロルフィーはアニを覗《のぞ》き込む。

「ところで、アニ」

「なあに?」

「いつまで俺を『へーカ』と呼ぶんだ?」

アニはロルフィーの言わんとすることが分からないのか、キョトンとしている。

「『へーカ』はダメなの?」

「ダメじゃないが、俺は他の呼び方がいい」

この要求に困ったアニは、眉尻を下げてカティアを振り向いた。

その視線を受けて、カティアが少し呆れ気味に微笑む。

「『お父様』と呼んで差し上げなさい」

「……え?」

アニは目を瞬かせた。

「でも……」

〝アニのお父さまは海のむこうにいるって母さま言ったでしょう？〟

〝黙りなさい!!　アニ!!〟

カティアに頭ごなしに叱られた記憶は、アニにとって強烈だったのだろう。

躊躇《ちゅうちょ》するアニに、カティアがもう一度、深く微笑んだ。

「どうしても、アニのお父様になりたいんですって」

「お前のお父様になってもいいか？」

ロルフィーが尋ねると、アニはパッと顔を輝かせる。

「いいよ!!」

自分が娘を無闇に甘やかすダメな父親になるだろうことを、ロルフィーは確信した。

寝台に腰かけたまま、カティアは窓から庭を眺めた。

そこではアニが、自作の歌を口ずさみながら花を摘んでいる。

「父さまには赤い花。母さまには桃色の花」

ご機嫌な様子の彼女を見ると、自然と頬が綻んだ。

先程までアニと一緒に花を摘んでいたロルフィーは、ルイスに呼ばれて行ってしまった。

何も言わないが、彼はどうやらカストルを探しているようだ。そのことについてルイスと話し合っているのだろう。

この十日、彼は終始アニの相手をしてくれた。カティアの不調でアニが不安にならないように、アニと手を繫《つな》いで庭を散歩したり、ウラヌスに乗せてやったりしてくれたようだ。

けれど時折、難しい顔で考え込んでいる。

カストルを探し出すにしてもウィルダーンの悪事を明るみに出すにしても、容易なことではないからだろう。

(これでよかったのかしら)

全てをロルフィーに話したことで、事態がどう動くのか。想像するだけで不安に押し潰されそうになる。

そんな弱気な自分を、カティアは懸命に勇気づけた。

(信じると決めたじゃない)

きっとロルフィーは、カストルを見つけてくれる。ウィルダーンの悪事を暴いて、国王としての実権を取り戻す。

そうすれば、誰に怯《おび》えることもない心静かな生活が手に入るのだ。

(でも)

自分に出来ることはないのだろうか。

信じて待つことしか、自分には出来ないのだろうか。

所詮ロルフィーに頼ることでしか物事を解決できないのだと思うと、何とも情けなく思われた。

アニが大好きな星雪姫のように、剣を持って戦うとまではいかなくてもせめてなにかロルフィーの手伝いができれば……。

そう思いつつも、カティアは自嘲する。

（……無理ね）

ウィルダーンに対峙《たいじ》したとして、きっとカティアでは震えてろくに恨み言すらも言えないだろう。

カティアに出来ることは、足手まといにならないように離宮でアニと待っていることだけだ。

カタリと音がして、カティアは扉を振り返った。

また修道女の誰かがカティアの機嫌を窺《うかが》いに来たのだろうか。

ロルフィーの言う通り、こんな状態では落ち着くことができない。アニの為にも、早々に離宮に移った方がいいかもしれない。

「……ローサ様？」

カティアは目を見開く。

扉のすぐ内側に立っていたのはローサだった。

「この悪女」

ローサの冷たい目には、以前よりも濃い憎しみが滲《にじ》んでいる。

「国王陛下に取り入ってどうしようというのです？　今更王妃に戻れるとでも？　それとも愛人になって贅沢《ぜいたく》をしようというの？　陛下も陛下だわ。こんな女に惑わされて、何て愚かな方」

カティアは唖然《あぜん》とした。

カティアを悪く思うのは当然だ。実際はどうであれ、世間的にはカティアはロルフィーを裏切り不貞をはたらいた悪女。正義感が強い人であればあるほど、カティアが犯した罪を許すことは出来ないだろう。

カティアはずっと、ローサはそう言う人なのだと思っていた。

ロルフィーに同情して、その立場に立って、だからカティアを憎悪しているのだと思っていた。

けれど今、彼女はそのロルフィーのことすら憎んでいるように見える。

自分がローサを誤解していたことに、カティアはようやく気が付いた。

ローサの厳しさは公平さの裏返しではない。

(この人は、ただ自尊心が強いだけなのだわ)

自分に誇りを持つことは、決して悪いことではない。けれどローサの場合、おそらく自分を省みることがないのだ。

自尊心が強すぎるゆえに、自分の過ちを認めない。

自分は正しいと信じていて、その正しさに準じないものは例え真実でさえも捻じ伏せる。

彼女にとってカティアは絶対に悪女でなければならず、そして『悪女』であるカティアを大切にするロルフィーの姿は理解しがたいものだったのだろう。

「今に天罰がくだるでしょう。あなたの邪な企みなど、神がお許しになるわけがありません」

憎悪を剝き出しにするローサの顔は驚くほどに恐ろしく、そして醜い。

けれどカティアは、もう彼女を恐ろしいとは思わなかった。

彼女に対する怒りが、恐怖をはるかに上回っていたのだ。

カティアは寝台から降りて、立ち上がった。

「天罰がくだると言うなら、それはあなたにも同じことが言えるのではないですか？」

無表情で淡々と話すカティアに気圧されたように、ローサは一歩退いた。

「あ、あさましいこと！　陛下のご寵愛《ちょうあい》を得た途端に随分と偉そうな……」

「私を何と罵ろうとかまいません。けれどアニに手を上げたことは許すつもりはありませんから、そのおつもりで」

ローサの言葉を遮るようにして、カティアははっきりと言い渡した。

王妃としても女としても弱かったカティアだが、けれど母親としてはそうあるつもりはなかった。

「それから、国王陛下への侮辱を聞き逃すのも今回だけです。二度目はありません」

ローサの額に青筋が浮かぶ。

「な、何様のつもりなの？　あなた、自分の立場というものを……」

「出て行って頂けませんか？　ここは国王陛下が滞在されている部屋です。修道院長であるあなたであっても、おいそれと入っては罰をうけますよ」

部屋に入ったくらいでロルフィーが罰を下すとは思えないが、早くローサをアニから遠ざけたい。それにはロルフィーの名前が持つ力に頼るより他なかった。

ローサはブルブルと震えている。

罰が怖いわけではない。彼女は怒りに震えているのだ。

「この悪女……よくも私に偉そうな口を……どうして神はこの悪女に天罰を下さないのか。いいえ。神が罰を与えないなら私が与えればいいのよ……そうよ、私が代わりに」

彼女が抱えていた小さな壺《つぼ》に、カティアは気が付いた。

古びた壺だ。重そうには見えない。水飴《みずあめ》が入っている壺に似ていた。行商人が売っているのを見たことがある。

どうして彼女が水飴なんて持っているのだろう。

「母さま!!　お花!!」

硝子扉から、アニが駆けこんでくる。

勘――というのだろうか。カティアは叫んだ。

「アニ!!　来ちゃダメ!!」

けれど遅かった。

ローサが、投げつけるようにして壺を放り出す。

壺は丁度アニが立つ手前の床に叩きつけられ、大きな音をたてて壊れた。

粉々になった磁器の中から、ヌルリと蛇が頭をもたげる。

黒い蛇だった。腹は白くて、赤い舌がまるで血のようだ。

一匹ではない。二匹、いや三匹。

気が立っているのか、蛇は鋭い牙を剝いてアニを威嚇する。

「へび!!」

怯えたアニが、握っていた草花を蛇に向けて投げつけた。それがいけなかったのかもしれない。

蛇は、アニを敵だと認識した。

たちまち牙を光らせて、アニに襲いかかる。

「アニーーっっっ!!」

大塔の鐘が鳴る。

カティアの悲鳴は、その音に掻き消された。


気弱で、病弱で、ウィルダーンの傀儡《かいらい》だと嘲られたロルフィーの父。

彼はその晩年、ただ一度公然とウィルダーンに異を唱えたことがあった。王太子妃、つまりロルフィーの妃を決める際のことだ。

ウィルダーンは自らの孫でありロルフィーの従妹であるスティーネを王太子妃にする腹づもりで各所に根回しをし、それは暗黙のうちに既に決定事項であるかのように思われていた。

ところが貴族議員をはじめとして宮廷の高官達が居並ぶ公的な会議の席で、突然ロルフィーの父は『王太子妃は他国から迎え入れる』と宣言した。

ウィルダーンにとっても、そして王太子の席に控えていた十歳のロルフィーにとっても、王の宣言は寝耳に水だった。

「どうしてそこまで〝他国の姫〟に拘るの？」

ロルフィーは父に尋ねた。

長時間にわたった会議のせいで疲れ果てたロルフィーの父は、発熱して寝台に横になっている。

上掛けをかけたり氷枕の位置を調整したりと甲斐甲斐《かいがい》しく夫の世話をしていた母が、ロルフィーをねめつけた。

「ロルフィー。後になさい。お父様を休ませてさしあげないと」

その頃には、まだ母は元気だった。まさかこの数ヶ月後に彼女が儚《はかな》い人になるだなんて、きっと本人ですら思っていなかっただろう。

ロルフィーの父は横たわったまま、弱々しく片手を上げる。

「かまわないよ。大した熱じゃない」

「でも」

「大丈夫だよ。ありがとう」

柔らかく笑うことで妻の口を封じると、彼はロルフィーを見た。

「いつか、お前はウィルダーンと相反する」

「お祖父様と？」

ロルフィーは首を傾げた。

当時のロルフィーにとって、ウィルダーンは優しい祖父だった。

本も、馬も、欲しいものは何でも与えてくれる。

それらは孫を手懐けようとする安直な懐柔策であったのだけれど、十歳のロルフィーにはそれがまだわからなかった。

優しい祖父と相反するだなんて、想像がつかない。

父は枯れ木のように細い腕を伸ばし、ロルフィーの頭を撫でた。

「私はね、操り人形と言われようとかまわないんだ。病弱な王を戴くことで他国からつけ入られるよりは、王を操るほどに狡猾《こうかつ》な宰相がいると――そう思わせておいた方がエドライドにとって為になる」

ロルフィーは驚いた。

操り人形と嘲られることも、相対的にウィルダーンの権威が高まることも、すべてが父の計算のうちであるように聞こえたのだ。

「父上……」

「お前は、私の自慢の息子だよ。私とは違って体が丈夫で、ウィルダーンのように頭がいい。でもお前は彼とは違って思いやりがあるから、いつかウィルダーンのやり方が気に入らなくなるだろう。国の中枢が乱れれば国が乱れる。そうなれば苦労するのは何の罪もない民衆だ――だから彼らの為に、ウィルダーンの力を少しでも削いでおこうね」

庭に咲く花から害虫を除いておこう――そんな柔らかな言い方だったが、目の前にいる父は理知的で、どこか野心的で、人々に言われるような暗愚にはとても見えない。

その時初めて、ロルフィーは父親の本当の顔を見た気がした。

気弱なほどに優しい父。病弱で、いつもウィルダーンのいいなりだった。

でも本当は違ったのかもしれない。

『操り人形』はもしかしたらウィルダーンの方であったのではないか。

スティーネが王太子妃になれば、ロルフィーの次の王位継承者もまたウィルダーンの血を継ぐことになる。そうすればウィルダーンの権勢はそれまでよりも絶大で確固たるものになるだろう。

それを阻止しようと安易に国内の姫を妃に選べば、その姫の一族とウィルダーンとの対立を招くことになる。

だからロルフィーの父王は、ロルフィーの妃を他国から迎え入れることを望んだ。

大国の姫を選べばロルフィーにとって力強い後ろ盾になる反面、足枷《あしかせ》にもなり得ることまで考慮して、エドライドの内政に干渉するほどの力がない小国の中から、更に大人しいと噂《うわさ》されるカティアを選んだのも彼だ。

ウィルダーンにとっては面白くなかっただろう。それまで大人しく頷くだけの人形が、真っ向から自分に対立してきたのだから。

宮廷は荒れに荒れた。色々と妨害工作もあったようだ。

最も被害をこうむったのは当時の王妃――ロルフィーの母親だろう。

彼女は夫と実の父親の対立で心をすり減らしたせいか体調を崩し、そしてどんどん衰弱して枕から頭を上げることも出来ない状態にまでなり、遂には身罷った。

冷たくなった母を前にして、父はロルフィーを抱き寄せた。

「お前のことは、私が守るよ」

「父上……」

「お前のことだけは、必ず」

その言葉に、横顔に、悲壮な覚悟を感じて、ロルフィーは父を抱きしめ返した。

そしてその八年後。

父は母の元へと旅立った。

病のせいでろくに食事も摂れなかった父は痩せ細り、栄養不足のせいか爪は欠け髪は抜け落ちて、まだ四十代だったというのに、老人のような死に顔だった。

残されたのは一通の手紙だ。

『カティア妃を大切に、どうか幸せに』

短いけれど優しい父らしい遺言に、ロルフィーは何故か妙な違和感をもった。

何故違和感を抱いたのか、それはいまだに分かっていない――……。

「ダメですね。何せ所領が広すぎる。ウィルダーン一族名義の土地で人目に付かない森や山奥を全て探していたら十年はゆうにかかります」

ルイスが悔しげに円卓を叩く。

その振動で、ロルフィーは我に返った。

そこは修道院の一室。この十日間、ルイスが寝泊まりしている部屋だ。狭い部屋だったが、それなりの調度品が揃っている。

カティアから離宮に移る了承を取りつけた後、ロルフィーはルイスに呼ばれてこの部屋に来た。

円卓の上には、エドライドの全土が描かれた地図が広がっている。

地図には、至る所に赤いインクでバツ印が付けられていた。

カストルを探して、見つからなかった場所。または探すことすら出来なかった場所だ。

ルイスをはじめとして信用がおける者達とその部下で探せるだけ探してもらったが、カストルはおろか、その手がかりすら見つけることは出来なかった。

壁際にいたルイスの部下が、おずおずと意見する。

「無礼を承知で申し上げます。あの、王子殿下はもうこの世には……」

「それはない」

ロルフィーは地図を見下ろし、拳を握りしめた。

「絶対にカストルは生きている」

はっきりと言い切ったものの、実を言えば自信はない。

カストルを手元に置くことで、ウィルダーンはカティアに対する強力な抑止力を持った。

つまり人質だ。

殺してしまえば、それで終わり。利用価値があるものを、あの業突く張りのクソジジイがおめおめ手放すはずがない。

（だが、逆を言えば……）

カストルの死を気どられさえしなければ、カティアに対する抑止力の効果は持続し続ける。

そしてカストルさえいなければ、ウィルダーンの犯罪は立証できないのだ。

アニとカストル――二人の赤ん坊を取り違えたことがカティアの口から誰か他の人間に伝わった場合のことを、ウィルダーンが考えていないはずがない。

その時に備えて存在自体が証拠であるカストルを始末している可能性は多いにある。

もしその可能性が現実であれば、ロルフィーにはもう打つ手がない。

ウィルダーンの罪を明らかにするどころか、カティアの無実の罪を晴らすことすらも出来ないだろう。

（いいや。そんなことにはさせるものか）

考えてしまった最悪の事態を、ロルフィーは頭を振って追い払う。

カティアは一縷《いちる》の望みに縋《すが》って口を噤《つぐ》み続けた。耐え続けた。

報われていいはずだ。

神が報いてくれないとしても、ロルフィーが報いる。

彼女の四年が無駄だったなんて、そんな無慈悲なことがあっていいはずがない。

（何か方法があるはずだ。カストルの居場所を割り出す方法が、何か）

大塔の鐘が鳴った。

ガランガランとけたたましい音が修道院中に響き渡る。

その音が止むのを、ロルフィー達は待った。今口を開いたところで、鐘の音に掻き消されてしまうだろう。

やがて、反響しながら徐々に小さくなっていく鐘の音に混じって、助けを求める声が聞こえた。

「ロルフィー‼　助けて‼」

それがカティアのものだと、ロルフィーはすぐに気が付いた。

つい十日前の、物盗りに組み伏せられたカティアの姿が目の前に蘇《よみがえ》り、背筋に冷たいものが走る。

急いで部屋を飛び出し暗い廊下を走り抜けて辿《たど》りついた両開きの客室の扉は、大きく開いていた。

「陛下!!」

周辺を警備していたはずの騎士が、ローサの腕を捻り上げて床に押し付けている。

「何があった⁉」

「申し訳ありません。交代の隙に、この者が……っ」

「カティアは⁉」

客室の中では、騎士達が床に向かって剣を振り下ろしている。

何をしているのかと目を凝らせば、床には黒い蛇が気味悪くうねっていた。

何故こんなところに蛇がいるのか。

あたりには蛇の血なのか、鮮血が飛び散っていた。

「ロルフィー……っ」

寝台の上でアニを抱きしめて蹲《うずくま》っているカティアに、ロルフィーは駆け寄った。

「カティア！　アニ！　怪我は⁉」

弱々しく、カティアは首を振る。

「私達は……でもミランダが」

見ればカティアのすぐ隣に、見覚えがある修道女がぐったりと横になっている。カティアが倒れて以来、ノイの手伝いをしたりアニの髪を編んでくれたり、色々と世話になった修道女だ。

その足に一目で蛇のものだとわかる咬《か》み痕があった。

「蛇に⁉」

「アニを庇《かば》って咬まれたの。そしたらすぐに気を失って……」

「ミランダぁ」

カティアに縋り付きながら、アニがしゃくり上げる。

それにつられたように、カティアの目からも涙が溢《あふ》れ出た。

「どうしよう、ロルフィー。ミランダが……っどうしよう‼」

カティアとアニにとって、ミランダは大切な人なのだろう。

狼狽《うろた》えるカティアとアニを、ロルフィーは抱きしめる。

「落ちつけカティア。すぐに医者を……」

「陛下‼　ノイが‼」

ルイスの声に振り向けば、戸口にノイが立っていた。

あたりの惨状にも慌てることなく、老医師は腕を捲《まく》り上げる。

「薬湯が終わる頃だからと来て見れば……先日の件といい今日といい、ここは随分騒がしい修道院じゃのう。どれ、見せてごらんなさい」

ノイはのたうつ蛇を跨《また》いで寝台に近づくとまずミランダの足を見て、それから背後の蛇を振り返ってから眉をひそめた。

「これは……随分と珍しい蛇がいたものじゃ」

「珍しい蛇？　どういうことだ？」

ロルフィーの問いにノイが答えようと口を開いた時、抑え込まれていたローサが金切り声を上げた。

「どうして邪魔をするのです!!　私は神に代わってその悪女に罰を与えようとしただけよ!!」

カティアが怯えたようにアニを抱え直す。

ロルフィーはローサの視線からカティアを背後に隠しながら、ルイスに命じた。

「蛇を何処から手に入れたのか吐かせろ。ことによっては王族に対する反逆罪で裁く」

これを耳にしたローサが、ピタリと喚くのをやめる。

「反逆罪？　私が？」

「ルイス。行け」

「かしこまりましたー」

一礼したルイスが、騎士からローサの腕を縛った紐《ひも》を受け取る。

「はいはい。おばさん、ちょっとこっちおいで」

「私は間違っていない!!　私は正しいことをしたのです!!　邪魔したミランダが悪いのよ!!　放せえ!!」

暴れながらもルイスに別室へ連れて行かれるローサの金切り声が聞こえなくなるのを

待って、ノイが言った。

「とにかく今は治療が先決じゃ。手遅れになってはいかんからな」

ノイが手早く処置したものの、蛇に咬まれたミランダの足はやがてどす黒く腫れ上がり、見るに堪えない状態だった。

高熱にうなされ意識を取り戻さないミランダに、ロルフィーは胸を痛める。

一歩間違えればアニがこうなっていたのだと思うと、ゾッとする。同時に、そうならなくてよかったと思ってしまう自らの身勝手さに嫌気がさした。

「ミランダは恩人なの。いつも庇ってくれて、助けてくれて……」

涙を目に浮かべてミランダに付き添うカティアの膝で、アニが寝息をたてている。その目元にも、涙が滲んでいた。

二人の為にも、ミランダには回復してもらわなければ。

ロルフィーはカティアの両肩に手を置いた。

「助かるさ。ノイは腕がいい医者だ。王都の高名な医者にもひけをとらない」

「そうね……そうよね」

「お褒めにあずかり恐縮じゃ」

ミランダの脈を診ていたノイはカティアを見て微笑んだ。

「そんなに心配せんでもよい。朝には熱も下がろうて。ほれ、その子をどこか落ち着いた場所で寝かせてやりなさい」

「でも」

「ほらほら、あんたも少し休んでおいで。また胃に穴があきかけたら大変じゃ」

「はい……」

ノイに急かされて、カティアはアニを抱えて立ち上がる。

後ろ髪を引かれる様子ながらも騎士に付き添われて部屋を出て行く二人を見送り、ロルフィーは切り出した。

「ノイ。ミランダは本当に……」

「心配ない。儂《わし》は王都の高名な医者にひけをとらん名医じゃからな」

少しおどけて言うノイに、ロルフィーは小さく噴き出した。

「ああ。信用してる」

「光栄じゃ。それで、蛇のことじゃがね」

少し大きめの瓶を、ノイは足元から持ち上げた。

そこには騎士が切り殺した蛇の死骸が詰められていて、思わずロルフィーは眉間に皺《しわ》を寄せる。

「珍しい蛇だと言っていたな」

「左様。一見国内でよく見る蛇じゃが、模様が少し違ってのう。強い毒を持っておる。普通の蛇毒は咬み傷から血流にのって悪さをするものじゃが、この蛇の毒は口から飲み込んだとしても似たような効果が得られる」

医学的知識に無知なロルフィーは、ノイが言っていることが上手く咀嚼《そしゃく》できない。腕を組み、首を傾げる。

この様子に、ノイは蛇が詰まった瓶をまた床に置き、白い髭《ひげ》を撫でた。

「つまり、毒性が胃酸で分解されないんじゃよ。例えばこの毒を薄めて毎日食事に混ぜると徐々に体力を失っていく。あたかも病み衰えるようにな。食欲不振、倦怠《けんたい》感、微熱、爪が欠けて髪が抜け……」

「ノイ」

「ああ、すまんのう。話が逸れてしもうた。とにかく、それほど毒性が強いという話じゃ。今回は儂が偶然血清を持っていたから助かったが普通は……」

「ノイ」

「ん？」

そこでようやく、ノイはロルフィーの顔色の変化に気が付いたようだった。

「陛下？　顔色が真っ青じゃぞ？」

「この蛇の毒を飲むと食欲不振に倦怠感、微熱……爪が欠けて髪が」

「抜ける。実は若い頃アグズバルンに留学したことがあってのう。彼の国は食糧事情が良くなくて貧しい者は蛇すら食べるんじゃが、誤ってこの蛇を食べた子供が……まぁ、ともかく、その経験から今回も血清を持っていたというわけじゃ」

「今、何と言った？」

囁《ささや》くほどの低い声で、ロルフィーは尋ねた。

ノイは困惑したように、目を瞬かせる。

「アグズバルンじゃ。絹の産地として知られておるから、名前くらいは知っておるじゃろう？　この蛇はその国の湿地帯にしか生息しておらん種で、まさかエドライド国内で見るとは……陛下？　陛下、どうなされた？」

呼び止める声に答えることなく、ロルフィーは部屋を飛び出した。

第九章　おぞましい提案

夜半過ぎ。

王都の一等地にかまえられた豪奢《ごうしゃ》な邸宅が、にわかにざわめいた。

「旦那様を早く」

「奥へお通しして」

寝ずの番をしていたごく少数の使用人達は慌てふためいていた。

国王ロルフィーその人が、前触れもなく屋敷を訪れたのだ。

まるで初めて客人を迎え入れたかのように右往左往する様子を壁越しに感じながら、ロルフィーは足を組み直した。

そのすぐ後ろに、ルイスが物言わず立っている。

会話はない。

沈黙は闇よりも重く、暖炉の薪がパチパチと小さく爆ぜる音だけが部屋に響いている。

屋敷はウィルダーンのものだ。

ロルフィーは幼い頃、一度だけ母親に連れられてこの屋敷に来たことがある。

だが懐かしさは感じなかった。贅《ぜい》を尽くした豪奢な屋敷は、広く静かで、まるで迷宮に迷い込んだかのような気になったのを覚えている。野に咲く素朴な花を愛した母が生まれ育った場所とはとても思えなかった。

扉が外側から叩《たた》かれ、そして開いた。

「これはこれは、陛下」

ウィルダーンが姿を現した。

夜中だというのにきちんと上着を着込み、髪も乱れていない。

まるでロルフィーが来ることを、事前に知っていたかのようだ。

「わざわざ我が邸宅にお越しいただけるとは光栄です。ですが、随分と礼に欠ける時間帯と思いますが？」

「貴様に礼を尽くす必要はないからな」

ロルフィーは表情を変えずに、言い捨てた。

「祖父と慕ったのは遠い昔のこと。もはや貴様は敵以外の何者でもない」

「何と悲しいことを。貴方様の父上の代から誠心誠意お仕えしてまいりましたものを」

悲しげな表情を形作ってはいるが、ウィルダーンの目はロルフィーを見下し嘲っている。

「貴様を宰相から解任する」

睨《にら》みつけながらロルフィーが言い渡すと、ウィルダーンはわざとらしく目を丸くした。

「それは急なお話ですな。どうしてでございますか？　私に何か不手際が？」

た。


「とぼけるのもいい加減にしろ‼」

ロルフィーは立ち上がると、手前にあった小ぶりの円卓を薙《な》ぎ倒す。

円卓に飾られていた花が花瓶ごと床に散らばり、鮮やかな花弁が絨毯《じゅうたん》の上に無残に散った。

「四年前、貴様がカティアの生んだ赤ん坊を連れ去ったことはもう分かっている！　その上、毒蛇でカティアの口を塞ごうとしたな？　素直に罪を認めろ！」

抑えきれない怒りで手が震える。

アグズバルンの湿地帯でのみ生息するという毒蛇。

先日、スティーネがそのアグズバルンから花嫁衣装の為に絹を取り寄せたと言っていた。蛇はその時に一緒に買い付けたのだろう。

(いいや、きっともっとずっと昔から——)

とにかく、今回の件にウィルダーンが噛《か》んでいることは明白だ。

けれどウィルダーンは、素知らぬ顔である。

「何のことか分かりませんな。赤ん坊を連れ去った？　毒蛇？」

「ローサという修道女にアグズバルンの毒蛇を送っただろう⁉　これでカティアを殺せと‼」

「カティア様が殺されかけたのですか？　何と恐ろしい……ですが私には何のことなのかわかりませんな」

本当に分からない、というふうなウィルダーンにロルフィーは顔を顰《しか》めた。

（まさか、本当に何も知らないのか？）

そんなはずはない。

アグズバルンの毒蛇。アグズバルン産の絹で作られた花嫁衣装。そもそもアグズバルンとの交易は一部の商人にのみ許される特権で、その特権を与えるのは宰相であるウィルダーンだ。

ここまで揃《そろ》っていて、ウィルダーンが関係していないなんてことは有り得ない。

「ああ、そういえばスティーネがアグズバルンから絹を取り寄せたと言っていましたな」

さも今思い出したというように、ウィルダーンは言った。

「あの子は幼い頃から貴方様をお慕いしておりましたからな。カティア様さえいなければ貴方様が振り向いてくれるのではと思いつめたのかもしれません。赤ん坊を連れ去ったというのも、きっとあの娘が――……」

ガタリと物音がして、ロルフィーとウィルダーンは同時に振り返る。

そこにいたのは寝間着姿のスティーネだった。

「お、お祖父様……」

顔面蒼白《そうはく》でガタガタと震える孫娘に、ウィルダーンは悲しげに語りかける。

「スティーネ。随分と大それたことをしでかしたようだな。いくら陛下が慕わしいからといって許されることではないぞ」

「わ、私は毒蛇なんて知らないわ。赤ん坊だって、産んだだけよ。その後どうなったかなんて知らない！　全部お祖父様が……っ」

「黙らぬか、この馬鹿娘！」

ウィルダーンはスティーネの頬を力いっぱい叩《たた》いた。唖然《あぜん》とするロルフィーの前で、二度三度とそれは続き、遂にスティーネは壁際に蹲《うずくま》る。

「し、知らない！　赤ん坊なんて、蛇なんて知らない!!」

泣き出したスティーネを、ウィルダーンは今度は蹴りつけて罵った。

「まだしらを切る気か!!　いつもいつも面倒事ばかり起こしおって!!　今回ばかりは庇《かば》ってはやれんぞ!!」

「もうやめろ!!」

ロルフィーは叫んだ。

いくら好ましいと思っていない従妹でも、一方的に暴力に晒《さら》される姿は見るに堪えない。

ウィルダーンはスティーネを叩くために振り上げた手をピタリと止めて下ろすと、ロルフィーに向き直った。

「我が孫の不始末。大変申し訳ありません。カティア様におかれましても、無実の罪で幽閉されさぞご無念だったことでしょう。王妃にご復位された暁には、このウィルダーン心からお仕えすることを誓います」

跪《ひざまず》き頭を下げるウィルダーンは、忠実な功臣にしか見えない。

だがロルフィーは身の毛もよだつような嫌悪感で、今にも吐きそうだった。

「……そうやって、すべてスティーネの仕業にするつもりか？」

スティーネがすすり泣く声が聞こえる。

彼女が口走った言葉を、ロルフィーは聞き漏らしてはいなかった。『産んだだけ』と、スティーネは言った。

（まさか、アニの母親は……）

思い返せばカティアの懐妊が判明した時期に前後して、スティーネの姿を見かけない時期があった。カティアの懐妊にショックを受けて所領に引きこもっているという噂《うわさ》は聞いたが、おそらくカティアと同じ時期にスティーネは密かに出産していたのだろう。

そして生まれた赤ん坊と、カティアが産んだ赤ん坊が取り換えられた。

言動からするに、スティーネは自分が産んだ赤ん坊《アニ》がどうなったか、気に留めることもなく暮らしてきたのだろう。そればかりか国王《ロルフィー》の婚約者の座におさまり、平然と王妃になろうとしていた。

だが今、彼女は信頼していた祖父から全ての罪を背負わされようとしている。

ウィルダーンは顔を上げると、優しげな笑みを口元に浮かべた。

「スティーネの仕業も何も、それが事実でございます。勿論《もちろん》、孫であろうと罪を犯したからには厳正に処罰致しますのでご安心ください。カティア様については、早々に王宮にお戻りいただくように手配いたしましょう」

あらかじめ考えていたかのように、ウィルダーンはスラスラと事を収拾していく。

間違いない。今回の毒蛇の件は、スティーネに罪をかぶせる為にウィルダーンが仕組んだのだ。

カティアの口を塞ぐなら、刺客を送るなり食事に毒を混ぜるなり、もっと確実な方法があったはずだ。そうせずに毒蛇をローサに送るという不確実な方法をとったのがその証拠だ。

カティアが死んでも死ななくても、ウィルダーンにとってはどちらでもよかったのかもしれない。

よくもここまで非情になれるものだと、感心してしまいそうだった。

「俺を丸め込めると思うのか？」

ロルフィーは鼻先で笑った。

確かにスティーネがカティアを恨んだ末の犯行だったとすれば筋は通る。

だが王妃《カティア》を罠《わな》にはめて貶《おとし》めたどころか、生まれたばかりの王子を連れ去ったのだ。

祖父であるウィルダーンも当然責任を問われることになる。まず失脚は免れない。

ロルフィーにしても、ここでウィルダーンを取り逃がすつもりはなかった。

それが分からないはずはないのに、ウィルダーンはまだ薄ら笑いを浮かべている。

「まだるっこしいのはお嫌いでしょうから、はっきり言いましょう。ご子息の命が惜しければ丸め込まれることです」

「──何だと？」

訊《き》き返したロルフィーに、ウィルダーンは諭すように穏やかに語りかける。

「あなたの元には愛しいカティア様が戻る。私はこれまでどおり宰相としてあなたを補佐する──それでお互い手を打とうではありませんか」

「笑わせるな!!」

ロルフィーの怒りの咆哮《ほうこう》に、空気が震えた。

燭台《しょくだい》の灯りが怯《おび》えたように震え、影が不気味に揺らめく。

あまりの怒りで、ロルフィーの呼吸は荒く乱れた。

「気が狂ったと言われようが、例え玉座を失おうがかまうものか!!　この場で首を刎《は》ねられたくなければ今すぐ俺とカティアの息子を返せ!!」

腰から提げた長剣の柄に、手をかける。

それを見て、それまでウィルダーンの顔に張り付いていた薄ら笑いが削げるように消えた。

「……そうですか。では仕方ありませんな」

突然、背中に強い衝撃を受けて、ロルフィーはよろめいた。

真っ赤な血液がボトボトと音をたてて床に落ち、敷かれた絨毯に黒味がかった染みができていく。

「……な」

「すいませんね。陛下」

控えていたはずのルイスが、すぐ後ろにいた。

その手に握られた短剣が、ロルフィーの背中に吸い付くように突き刺さっている。

「ルイス……っお前」

「実は借金がありましてね。こうすれば宰相閣下に肩代わりして頂ける約束なんです」

ロルフィーは瞠目《どうもく》した。

紫の目が、痛みと絶望に塗り潰されていく。

「この、裏切り……者」

膝から崩れ落ち床に倒れ伏したロルフィーを、ウィルダーンが追い打ちをかけるように貶めた。

「大人しく丸め込まれていればいいものを。そもそも操り人形の分際で逆らうからこうなるのだ」

広がっていく血溜《だ》まりの横に膝をつき、ウィルダーンは屈み込んでロルフィーに耳打ちする。

「安心してあの世へ行け。お前の愛しい妻の面倒は任せるがいい」

まさに化け物と呼ぶに相応しいその微笑み。

「ウィル……ダーン。貴様……っ!!」

血濡《ぬ》れた手で、ウィルダーンの上着の裾を掴《つか》む。

だが、その手は簡単に振り払われた。

「どこかの道端にでも転がしておけ。夜盗にでも襲われたように見せかけてな」

「了解でーす」

ルイスの軽い返事に眉根を寄せつつ、ウィルダーンは何も言わずに立ち上がった。

（カティア――……）

為すすべなく、ロルフィーは目を閉じる。

夜空の月が雲に隠れ、闇が深まった。


「目が覚めて本当によかったわ」

そう言って、カティアはミランダの肩に肩掛けを掛けた。

夜は既に明け、小鳥達が小枝の上を小さく飛び跳ねながら囀《さえず》っている。

ローサは今も監視付きで一室に閉じ込められているようだ。彼女がしたことに修道女達は驚き動揺していたが、ひとまずいつも通りの労働を始めていた。

「気分はどう？　目が覚めたら薬湯を飲ますようにって、ノイ様から言われているの」

「……アニは？」

寝台の上に身を起こしたミランダは、カティアと目をあわせようとしない。

「他の部屋にいるわ。大丈夫。ちゃんと騎士がついているから」

「そう……」

ミランダはどこかそっけない。

（……当たり前よね。蛇に噛まれて死ぬところだったんだから）

いくら彼女でも、いつものように明るく振る舞うことは出来ないのだろう。

高熱にうなされていたミランダが目を覚ましたのはついさっきだ。

ノイは大丈夫だと言ってはいたものの、カティアは一晩生きた心地がしなかった。

だが、こうして目を覚まして起き上がることも出来たのだ。きっとすぐに以前のように元気になるだろう。

「薬湯を用意するわね。ノイ様の薬湯はとても苦いから覚悟した方が……」

「私」

ミランダは俯《うつむ》いたまま、唐突に切り出した。

「兄がいたの。あまり似てはいなかったけれど、でも私達は仲がいい兄妹だった」

両親を亡くしてから親戚の家にいたという話は聞いたことがあるが、兄がいたというのは初耳だ。

けれど、どうして今その話を始めたのか、カティアは小さく首を傾げる。

「ミランダ？」

「兄さんは歌が好きだった。野良仕事の時も薪を割る時も、いつも歌ってた。ある日旅の一座が村に来てね――兄さんはその一座について行ったの。楽士になるって。楽器なんて弾く教養ないくせに。……手紙が時々届いたわ。いつか有名な楽士になって迎えに行くって、贅沢させてやるって……」

フフ、とミランダは笑った。

けれどその声はどこか寂しげで、握り締めた手を見つめる青い目からは今にも涙が零れ落ちそうに見えた。

「ある日の手紙にね、こう書いてあったの。『俺の歌を気に入ってくれた人がいる』って。相手が誰かは書いてなかったけれどいい家のお嬢様みたいで、気に入られて屋敷にお部屋を貰《もら》ったって嬉《うれ》しそうだったわ」

ここまで話して、ミランダは顔を上げた。そして、カティアをまっすぐ見る。

「兄さんは——ラフォンはあんたのこと本気だった」

「え？」

不意なことに、カティアはまともに返事が出来ない。

ミランダは上掛けを押しのけるようにしてカティアに向き直る。

「手紙はあんたのことばっかりだった。『世間知らずだけど純粋で子供みたいな人だ』って『あの人の為に歌いたい』って。最後の手紙に子供ができたって書いてあったわ。だから一緒に逃げるって……。でも、兄さんは王都の広場で処刑された。王妃と通じた罪で」

カティアは目を見張る。

全身から血の気が引いていくのを感じた。

「ミランダ。ミランダ待って――……あなた、あなたもしかしてアニの父親の？」

「そうよ‼　私はラフォンの妹よ‼」

ミランダの瞳からとうとう大粒の涙が溢《あふ》れ出す。

どうして気付かなかったのだろう。その瞳の色も、形も、アニによく似ている。

カティアは何から話せばいいのか分からなかった。まさか、あの楽士の身内がこんな身近にいたなんて思いもしなかったのだ。

「ミランダ……私」

「最初は、あんたに恨み言を言うつもりでこの修道院に来たの。あんたのせいで兄さんは死んだんだって……王妃なのにどうして楽士なんかとって。でも初めて会ったあんたはボロボロだった。兄さんを失って傷ついてるように見えた。身分が違っても、他に夫がいても、兄さんを愛してくれたんだって……だから私はあんたとアニを守ろうと思ったの。兄さんの代わりに」

涙に濡れた頬を強引に掌で拭って、ミランダは悲しげに笑った。

「あんたはさ、いつも一生懸命だったね。お姫様育ちで扇より重い物なんて持ったこともなかっただろうに、皆が嫌がる水仕事も力仕事も手を抜かなかった。ローサ様につらく当たられても、修道女達に苛められても、アニのことだけは必死に守ろうとしてくれた。ラフォンがあんたを好きになった理由が良くわかったよ。髪が短くたって身なりが粗末だって関係ない。あんたより綺麗《きれい》な貴婦人なんて何処を探したって見つかりゃしない――……

それなのに」

嗚咽《おえつ》を堪えるように、ミランダは黙り込む。

そしてカティアを睨んだ。

「どうして今更、国王陛下と？」

怒りをたたえた低い声。

カティアは胸を押さえ、首を振る。

「違うの。聞いてミランダ」

「何が違うって言うの⁉　ラフォンはあんたを愛したせいで死んだんだ‼　それなのに酷い裏切りじゃないか！　ラフォンが可哀想過ぎる‼」

ミランダは身を乗り出し、手を上げた。カティアを叩こうというのだろう。

（──それでミランダの気が少しでも晴れるなら）

カティアは目を閉じて、衝撃に備えた。

ラフォンが恋をしていたのはカティアではない。だが、彼がカティアのせいで死んだのは事実だ。

償わなければ。

叩かれるくらいでは、償いにすらならないけれど。

「……どうして？」

そっと目を開けると、ミランダは涙を流しながら震えていた。振り上げた手はそのまま、宙で止まっている。

「どうして避けようとしないのさ？　どうして叩かれようとするの？」

怒りのやり場を失い、ミランダは途方に暮れているように見えた。カティアは思わず手を伸ばし、彼女を抱き締める。

「ミランダ……」

「どうして……」

すすり泣くミランダの背を撫《な》でる。

彼女のこの四年間を思うと、カティアは胸が痛んだ。きっとカティアに苛立つこともあっただろう。それでも死んだラフォンの為に、彼女は陰に日向にカティアとアニを守ってくれた。

「ミランダ。聞いて……」

彼女には知る権利がある。

ラフォンがどうして死んだか、誰の企みに巻き込まれたか。

話し出すよりも先に、前触れもなく扉が開いた。

靴音を響かせて部屋に入って来た人物を見て、カティアは目を剝く。

「ウィルダーン……っ⁉」

ウィルダーンはまるでこれから葬儀に参列するかのように漆黒で統一した不吉な出で立ちをしていた。

（どうしてウィルダーンがここに⁉）

心臓が早鐘を打つ。

カティアは座っていた椅子から立ち上がると、背後にミランダを庇ってウィルダーンと対峙《たいじ》した。

「ウィルダーン、あなた……っ」

「カティア様。このような悲しいお知らせをしなければならないのが、本当に残念です」

ウィルダーンは今にも泣き崩れそうな表情だ。

けれどその目に狡猾《こうかつ》な光が宿っているのを見逃すカティアではない。

出来うる限りの警戒をしながら訊き返す。

「悲しいお知らせ？　いったい何のことです？」

「ロルフィー国王陛下が崩御されました」

――耳を疑うとはこのことだ。

ウィルダーンの言葉を頭の中で反芻《はんすう》する。

（……ロルフィーが、死んだ？）

どういうことだ。

だって彼は……。

背後のミランダが不安げに身じろぐ。

「ど、どういうこと？　国王陛下が死んだって、でも」

「ミランダ」

カティアは振り返ることなく、ミランダを制す。

彼女には少し口を噤《つぐ》んでいてもらわなければならない。

（ロルフィーが、死んだ）

もう一度、それを口の中で繰り返す。

状況の整理と、把握。——何かがストンと落ちるように、カティアは理解した。

「あなたがロルフィーを殺したのね？」

泣くでもなく、怒るでもなく、静かに尋ねる。

ウィルダーンは意外だというように、軽く目を見開く。

「あなたは泣き崩れるだろうと思っていたのに。四年前といい、あなたは存外肝が据わっておられる」

先程まで纏《まと》っていた主君の死を悼む忠臣の仮面をあっさりと脱ぎ捨てて、彼は不敵に笑う。

「もうそれほど陛下のことを愛してはいなかったということですかな？　まあ、無理もない。無実の妃の美しい髪を切って、追放するような無能な王ですからね。あなたが見限るのも頷《うなず》ける」

「勘違いしないで。私はロルフィーを愛してる」

カティアははっきりと言った。

「今も昔も、彼以外の誰かを想ったことはないわ」

「どういうこと⁉」

ミランダが、カティアの腕を摑んで引く。

「じゃあラフォンは何だったの⁉　遊びだったたって言うの⁉」

怒りで顔を赤くするミランダを、ウィルダーンは鬱陶しそうに見やった。

「何です？　その女は」

カティアはミランダを庇ったまま、深呼吸する。

（落ち着いて）

取り乱してはいけない。冷静に。

「ミランダは……ラフォンの妹よ」

「ラフォン？　ああ、あの愚かな楽士の？」

「何ですって⁉」

ミランダが身を乗り出した。

「どういうこと⁉　兄さんが愚かですって⁉」

クックッと、ウィルダーンは肩を揺らして笑った。その楽しげな姿が憎たらしくて、カティアは彼を睨みつける。

「死んだ人を悪く言うものではないわ」

「ですが、愚かとしか言いようがないのですよ。あの楽士は処刑される最後の最後までスティーネとスティーネが産んだ赤ん坊のことを案じていた。滑稽とはこのことだ。スティーネにとっては気紛れにすぎない一夜を、あの男は忘れられなかったと見える」

「どういうこと?」

カティアは今度こそ耳を疑った。

「スティーネが産んだ赤ん坊? まさかアニは……アニはスティーネの?」

スティーネとは勿論面識がある。

正直、好印象は持っていない。

彼女はカティアを目の敵にしていてことあるごとに嫌味を言ってきたし、彼女からの小さな嫌がらせは日常茶飯事だった。

『あなたが私からロルフィー陛下を横取りしたのよ』と面と向かって言われたこともある。

不敬罪を言い渡すことも出来ただろうに、あの頃のカティアは言い返すことすら難しかった。王妃であったにも関わらず、人の顔色を窺《うかが》うしか能がなかったのだ。

(あのスティーネが、アニの母親?)

思ってもみなかった真実に、カティアは愕然《がくぜん》とした。

アニの母親が誰なのか、これまで気にしなかったわけではない。

だが探しようがなかった。そして、逆に探しに来る人もいない。

(だからきっと侍女や産婆と同じように口封じの為に殺されたのだとばかり……)

スティーネが赤ん坊を産んだなんて噂も、聞いたことがない。きっと極秘のうちに出産したのだろう。

「アニ？　ああ、あなたが産んだ赤ん坊と取り換えた赤ん坊のことですか？　その通りですよ。あれはスティーネが産んだ子だ」

ウィルダーンはこともなげに頷いた。

「とは言え、私にとってもスティーネにとってもどうでもいい赤ん坊だ。スティーネなど、赤ん坊を産んだことすらとっくに忘れているでしょうしね」

「……っ」

ここにアニがいなくてよかったと、心から思った。

自分の本当の母親が自分を産んだことさえ忘れているだなんて、アニに聞かせられない。

「……赤ん坊を取り換えた？」

カティアの後ろで、ミランダが震えていた。

「アニはカティアの娘じゃないってこと？　なのに何で……どうして今まで黙っていたの？　髪を切られて追放までされて」

肩ごしにミランダを振り返り、カティアは小さく微笑んだ。

「黙っていなければ、息子を殺すと言われたから」

「そんな……っ」

ミランダの目が驚愕に揺れる。

カティアは微笑みを深めた。

「でもね、アニを愛おしく思う気持ちは本当なの。血は繋がっていなくても、あの子は私の愛しい娘。ロルフィーにとっても。それは分かって欲しいの」

「わ、私……」

顔を覆い、ミランダはその場に蹲る。

「私何にも知らないで、全部あんたが悪いんだって決めつけて酷いことを……っ」

「それは間違いじゃないと思うわ」

嗚咽で震えるミランダの背を撫でながら、カティアは言った。

「赤ん坊を取り換えるなんて無茶な強行手段にウィルダーンが踏み切ったのは、それが私相手なら通用すると思ったからだわ。私は言いたいことすら言えないほど気弱で自信がなくて、王妃だなんて名ばかりで、だからウィルダーンは私なら丸め込めると思った――そうでしょう？」

カティアが目を向けると、ウィルダーンは満足げに頷いた。

「ええ、そのとおりですよ」

「だから私、ずっと強くなりたいと思っていたわ。そうでなければ大切な人を守れないって。……でも、それってておかしいわよね？」

「え？」

ミランダが、顔を上げる。ウィルダーンも、怪訝《けげん》そうに首を傾げた。

カティアは一度ミランダに微笑んで、そしてウィルダーンを静かに見据える。

「だってそうでしょう？　弱いからって自分の人生を他人に好き勝手されても仕方がないだなんて、おかしいわ。私達は人間なのよ。なすすべなく狼《おおかみ》に屠《ほふ》られる羊とは違うの。弱くても生きていけるよう協力しよう――そうやって国が生まれたの」

カティアを見上げて、ミランダが呆気《あっけ》にとられたように目を瞬いた。

「カティア……あんた」

「そういう国に、ロルフィーがしてくれる。弱い人が弱いままでも幸せに生きていける国に、きっと彼ならしてくれる」

カティアは手を握り締めた。

（私に、その手伝いが出来たら――……）

ようやく、そう思うことが出来た。

ずっと重荷でしかなかった王妃という立場。

それがようやく、ただ重いだけのものではないと分かった。

パンパン、とわざとらしい拍手が空気を震わせる。

「ご立派です、カティア様。ですがそのロルフィー陛下はこの世にいないということをお忘れのようですね」

嫌味な笑みを唇にうかべるウィルダーンに、カティアは向き直る。

「これ以上あなたの好きにはさせないわ。ウィルダーン」

「いいえ、あなたには私のお人形になって頂く」

「人形？　どういうこと？」

戸惑うカティアに、ウィルダーンがゆっくり歩み寄る。

「ロルフィー陛下は亡くなられた。次の王がこの国には必要です。その王に、あなたのご子息が相応しいとは思いませんか？」

「な……っ」

カティアは後ずさろうとした。だがすぐ背後に寝台と、そして震えるミランダがいることを思い出し、その場にとどまる。

「何を今更……あの子を新しい国王にしようというの⁉　あの子の存在を世間から隠したのはあなたなのよ⁉」

カストルの目を見れば、エドライド王室の血筋であることは明らかだ。だがそれだけでは彼の王位継承順位が一位であることの証明にはならない。

そんなカストルを即位させると言い出せば、それが例えウィルダーンであろうと議会をはじめとする多くの者から間違いなく反発が起こる。何故今までその存在が隠されていたのか、必ず説明を求められるだろう。

「ええ、そのとおりだ。だからあなたが皆を黙らせてください。『私が四年前に産んだロルフィー陛下の子供であるから、継承順位は誰よりも優先される』と」

ウィルダーンは平然と言った。

逆にカティアは動揺を隠せない。

「私は姦通罪《かんつう》で断罪されたのよ？　それなのに」

「冤罪《えんざい》だったと仰ればいい」

　この言葉に、カティアの頭は更に混乱する。

　自らの罪が白日の下に晒されてもいいというのか。

　そんなカティアの様子に、ウィルダーンは楽しげに口角を歪《ゆが》める。

「ただし、こうも仰ってください。『わけあって陛下から子供を隠したかった』と」

「わけ？」

「陛下は酒乱で、気に入らないものは我が子であろうと剣で切り捨てる。そんな陛下から子供を守りたかった――だから宰相に協力してもらって姦通罪を自らかぶったのだと」

　開いた口が塞がらない。

　この男は自らの罪を闇に葬ろうとするばかりか、その為ならロルフィーの名誉など地に落ちてもかまわないと思っているのだ。

　カティアはよろめきそうな自らを、足を踏ん張ることで必死に支えた。

「む、無茶よ。そんなでたらめ皆が信じるわけがないわ」

「皆が信じなければ、あなたの愛しいご子息が死ぬだけだ」

　カティアを見下ろすウィルダーンの笑顔は逆光で、影が差している。

　何という恐ろしい笑顔だろう。

　時が遡ったような、そんな錯覚にカティアは陥った。

四年前にも、こんなふうにウィルダーンを怯えて見上げたのを覚えている。皺《しわ》が寄った手が伸びてくる。

強張った体はそれにすぐ反応することが出来ず、気付いた時にはカティアの手首はウィルダーンに摑まれていた。

「カ、カティアを放せ!!」

ミランダがウィルダーンに飛びかかる。けれど体格で勝るウィルダーンはいとも簡単にミランダの腕を摑み、払い飛ばした。経歴としては文官を歴任してきたが、ウィルダーンは若い頃に一度剣技大会で好成績をおさめたことがあるらしい。年を重ねた今も、当時の手練は健在なようだ。

勢いよく床に叩きつけられたミランダは、蹲って細く呻《うめ》いている。

カティアは顔色を変えて叫んだ。

「ミランダ!!」

「これはね、あなたの為の提案なのですよ。カティア様」

抱き寄せようとしてくるウィルダーンから逃れようと、身を捩る。けれど驚くほど強い力で押さえつけられ、それは叶《かな》わない。

睫毛《まつげ》の本数を数えられるほど近くに顔を寄せ、ウィルダーンはほくそ笑んだ。

その瞳には老人にはそぐわない情欲が蠢《うごめ》いている。腕力も強く、今まで彼を老人だと思っていたことが不思議なほどだ。好々爺《こうこうや》然とした笑みに騙《だま》されていたのだろうか。

「私は誰が王位につこうとかまわないのですよ。誰が王であろうと私が実権を握ることに変わりはない――ですがあなた次第で、あなたの息子を王にして差し上げてもかまわない」

何を求められているか分からないほど、カティアは初心ではなかった。

懸命に顔を逸らし、抵抗する。

「誰があなたなんかと……っ」

「この滑らかな肌。花弁のような唇……嫁いできたあなたを見た時から思っていましたよ。あなたは特別な女だ。美しく気品高い、まるで女神だ」

カティアの髪に頬を寄せ、ウィルダーンはいっそ少年のようにうっとりと言った。

「やめ……っ」

「その聖女のように美しい顔がどんなふうに乱れるか。何度夢想したことか」

「やめて‼」

唇を寄せられ、カティアはゾッとした。

こんな男と口づけるなんて考えられない。ましてや体を重ねるなんて。

渾身《こんしん》の力でウィルダーンを突き飛ばす。

ようやくウィルダーンの手から逃れたカティアは、よろめきながら距離をとった。

けれどウィルダーンに苛立つ様子はなく、薄ら笑いを浮かべながらまたもカティアに近づいてくる。逃げるカティアを追いかけることも、彼にとっては余興のようなものなのかもしれない。

「大人しくなさい。息子がどうなってもよいのですか？」

カティア次第と言いつつも、ウィルダーンが提示する選択肢はただ一つ。大人しく自分の物になれと、カティアにそう脅しているのだ。

怯える自分を叱咤《しった》して、カティアはウィルダーンを睨んだ。

「カストルに何かあったら、舌を噛むわ」

「強がりはやめておきなさい。震えているではないですか」

舌なめずりする大蛇を前に、怯える小鳥の気分だった。下手に抵抗すれば、きっとその瞬間に頭から丸呑《の》みにされてしまう。

（落ち着いて……）

ロルフィーが言ってくれたではないか。

『自分が何をやるべきか知っていて、勇気がある』

握り締めた拳を、胸にあてた。

（人の言いなりになって人生を蹂躙《じゅうりん》されるのは、もうたくさん）

だからこそ、この場を乗り切ってみせる。

「……本当に、カストルを即位させてくれるの？」

カティアの問いに、ウィルダーンは鷹揚《おうよう》に頷いた。

「ええ。あなたが私の手をとってくだされば」

「……きっとたくさんの人が反対するわ」

「邪魔者は消してしまえばよい」

ウィルダーンは事もなげにそう言うと、カティアの手をとった。そして細い指先に口づける。

逃げ出したい衝動を懸命に堪えて、カティアは尚も尋ねた。

「消すだなんて、簡単に言うけれどどうするつもりなの？」

「毒があるのですよ」

「毒？」

カティアは眉をひそめる。

「毒なんて不審がられるわ。もし医者が遺体を調べたら、すぐに分かるんじゃない？」

「珍しい毒を持つ蛇を飼っていましてね」

ウィルダーンは腰に手を回し、カティアを抱き寄せる。

首筋に生暖かい息を感じたカティアの背筋には強烈な悪寒が走ったが、それでもされるがままにしていた。

それを了承と解釈したのだろう。

ウィルダーンの手が、着衣の上からカティアの体を弄り始める。

「毒も強いが、気も荒い蛇でしてね。咬《か》まれればたちまち全身に毒が回って心臓が止まる。上手く寝台の下あたりに潜ませておけば、下手な暗殺者より確実に標的をあの世に送ってくれるというわけです。その上運が悪い事故だと片づけてもらえるのでこれほど都合がいいことはない」

ウィルダーンは聞いてもいないのにペラペラと喋り出す。よっぽど機嫌がいいのだろう。

身体を好き勝手に触られる嫌悪感に耐えながら、カティアは話の先を促した。

「私のこともその蛇で殺すつもりだったのでしょう?」

「おや、拗《す》ねているのですか? 私が始末しようとしたのはロルフィーの方ですよ。操り糸が切れた人形など用済みですからね。だが、あのローサというヒステリックな女は何を勘違いしたのか、直接あなたに蛇をけしかけたとか。まあ、失敗した場合の策も考えていたので大した問題はありませんでしたが――あなたの美しい体に蛇の咬み痕が残らなくてよかった」

ウィルダーンが唇を寄せるのに、カティアは目を閉じ唇を嚙み締める。

その時、ガタンと物音がした。

部屋の後方からだ。

「――何だ?」

「待って!」

ウィルダーンが振り返ろうとするのを、カティアは慌てて止めた。

彼の肩に手を回し、意を決して自ら唇を寄せる。

重なった唇の弾力が生々しくて気持ちが悪かったが、それを表情には出さないように必死に努めた。

「あなたの方からして下さるとは思いませんでしたよ」

上機嫌なウィルダーンに、カティアは強張りながらも微笑んだ。

「で、でも邪魔者は一人や二人じゃないのよ？　皆が蛇に咬まれて死ねば、おかしいと思われるんじゃないかしら？」

そしてその人物が死んで都合がいい人間が――ウィルダーンが蛇を仕掛けたのだと勘付く者が現れるに違いない。

骨のような指をカティアの頬に添えて、ウィルダーンはまたもカティアに唇を寄せる。嫌悪感と戦いながら、カティアは目を閉じてそれを受け入れた。

「心配は無用です。毒には違う使い方もありますからね」

睦言のように囁《ささや》くウィルダーンを、カティアは上目遣いで見上げる。

まるで恥じらっているかのように。

「違う使い方って、どういうこと？」

「薄めて食事に混ぜるのですよ。即効性には劣りますがね。十日もすれば体に不調が現れ始めるでしょう。食欲不振、倦怠《けんたい》感、微熱、爪が欠け髪が抜け、最後には息絶える。蛇毒による中毒症状とわかる医者はまず国内にはいないでしょうから、同じような症状の患者が多ければ流行病だと皆思うでしょうね」

上着の釦《ボタン》にかかったウィルダーンの手を、カティアは慌てて押さえる。

「ま、待って」

けれどウィルダーンは手を止めない。

このままではいけないと焦って身を捩ったものの逆に身体の均衡を崩し、寝台にうつ伏せに倒れ込んでしまう。

「きゃあ⁉」

「何もかも私に委ねればいいのです」

背中に重みを感じ、カティアは青ざめた。

「そ、そんなにうまくいくとは思えないわ‼」

どうにかしなければと、必死に叫ぶ。

「誰か気付くかもしれないわ‼　そしたらどうするの⁉」

「気付くはずがない。これまでも誰も気付かなかったのですから」

ウィルダーンの手が、脚をなぞる。

強烈な不快感で、目尻に涙が滲《にじ》んだ。

でも、ここで逃げ出すわけにはいかない。まだ駄目だ。

「これまでもって……誰かを毒で殺したの？」

「ええ。あなたも良く知っている方ですよ」

「私が？」

カティアは肩ごしにウィルダーンを見た。

ニヤリと、ウィルダーンが暗い笑みを浮かべる。

「前《さき》の国王陛下です」

痩せ細ったロルフィーの父親の姿が、脳裏を過る。

穏やかに微笑む、口数の少ない人だった。

親しく言葉を交わした記憶はあまりない。けれどロルフィーに向ける眼差しはとても優しくて、そして小国の娘だったカティアに対しても見下すことなく丁寧に接してくれた。

彼はカティアがエドライドに嫁いできて二年目に、長患いの末に息を引き取った。

(お義父様……っ)

彼は幼い頃から病弱でその生涯のほとんどを寝台で過ごしたと聞いていたが、まさかそれもウィルダーンの企みによるものだったのではないだろうか。生かさず殺さず、巧妙に毒の量を調節し……。

「娘の時も、本人でさえ気付いていなかった」

「え?」

カティアは耳を疑う。

「む、娘って」

「私の娘。ロルフィーの母親です」

まるで武勇伝でも話すかのように、ウィルダーンは語る。

「ロルフィーの妃に誰を迎えるかで私と前王が対立した時、あの娘は夫を説き伏せるどころか私に妥協してくれと言ってきた。まったく、何のために育ててやったと思っているのか。だから始末したのです。健康だけが取り柄の娘が病み衰えていくのは見物《みもの》でしたよ。恩知らずには相応しい最後だった。そう思いませんか？」

「お、思わないわ！」

カティアは猛然と首を振る。

（お義母様までウィルダーンに殺されていたなんて!!）

ロルフィーの母親を、カティアは直接は知らない。

けれどロルフィーから聞いた彼女は、まるでお伽話《とぎ》の住人のように優しい人だった。

きっと彼女は、まさか父親が自分に毒を盛っているなんて思いもしなかっただろう。何も知らずに亡くなっただろうことが、せめてもの幸いかもしれない。

「自分の娘を——人の命を何だと思っているの？　そんなに権力が大事⁉　あなたはおかしいわ!!」

カティアが涙ぐみながら糾弾すると、それまで機嫌が良かったウィルダーンが一転して顔を曇らせた。

「優しくしてやればつけあがりおって。昔話は終わりだ。さあ、もったいぶらずに服を脱げ」

「……」

「そう言わずに、もっと昔話を聞かせて下さい。お祖父様」

「な……」

ウィルダーンが驚いて振り返る。

そこには、密かに忍び寄っていたロルフィーが拳を振り上げていた。

第十章　宰相の失脚

ロルフィーの背中から腹部にかけては黒い血がべっとりとこびりついていたが、彼は痛がる素振りもない。

「このクソジジイ‼」

カティアの体をまるで鉄の塊のように押さえつけていたウィルダーンの体は、いとも簡単に殴り飛ばされ壁に叩《たた》きつけられる。

それが合図だったかのように扉から騎士達が雪崩れ込んできて、ウィルダーンを取り囲んだ。

「カティア‼」

ロルフィーはカティアを助け起こし、痛いほどに抱き締める。

「すまない。ここまでさせるつもりじゃなかったんだ……っ」

「ごめんなさい。なかなか上手く聞き出せなくて……」

「いいや。上出来だ——それどころか、思っていた以上の収穫だ」

部屋の後方を見やり、ロルフィーは言った。

「聞いていたな？」

「――はい。確かに」

「ええ。しっかりと聞かせていただきました」

衝立の向こうから姿を見せたのは今まで表立ってウィルダーンと対立することを避けていた騎士団長や大臣だった。

彼らに一歩遅れて出てきたのは、ウィルダーンにすり寄り甘い汁を吸っていた貴族議会の議長である。

気の毒なほど青ざめ項垂れている議長を、後ろから押すようにして顔を見せたのはルイスだ。

「陛下が途中で飛び出そうとするから、押さえつけるのが大変でしたよ。危うく全部台無しになるところだったじゃないですか」

心底疲れたというふうに首回りをほぐすルイスを見て、騎士に縄を打たれていたウィルダーンが目を剝く。

「貴様……!!」

「ああ、宰相閣下。俺の借金ですが、実は妹の治療費のためにこさえた借金でしてね」

ルイスは笑っていたが、その目は冷たい憎悪で仄《ほの》暗く燃えていた。

「とあるお嬢様から熱いお茶をかけられたんですよ。そのせいで顔に酷い火傷を負いましてね――覚えていませんか？　うちの妹はスティーネ嬢に仕えていたんです」

ルイスはウィルダーンに近寄ると、その胸ぐらを掴《つか》み凄んで見せた。

「金貨二枚」

「な、何だと？」

「顔に火傷を負った妹を、あんたはたった金貨二枚持たせただけで屋敷から追い出した。貧乏人相手ならそれくらいで十分だとでも思ったか？　ふざけんなよ。妹はな、火傷のせいで幼馴染《おさななじみ》との結婚話が白紙になった上に、視力も落ちて今じゃ杖《つえ》なしでは歩けないんだぞ」

殴る代わりに、ルイスはウィルダーンを突き飛ばす。後ろ手に縛られたウィルダーンは背中から床に無様に転がった。その姿に同情する者は一人としていない。

「借金の肩代わり？　馬鹿言え。正当な慰謝料としてもらっとくよ」

「俺の周囲を探る為に、あんたが頻繁にルイスに小金を渡してたことはルイス本人から報告を受けてる」

自らが身に付けていた外套《がいとう》をカティアに羽織らせ、ロルフィーはルイスの隣に立った。

「蛇を利用した事故に見せかけて、俺を殺すようにローサに命じたこともな。もっとも、これは連絡の行き違いとローサの暴走のせいで、ミランダには申し訳ないことをしたが」

床に蹲っていたミランダは騎士に助け起こされ、別室へと抱えられて出て行くところだ。

髪を乱したウィルダーンが、悔しげに歯噛みする。

「ロルフィー！　貴様、祖父である私になんという仕打ちを……っ」

「ローサが失敗した場合は頃合いを見て俺を殺せと、ルイスに命じるような祖父じゃなければもう少し敬意を表したんだがな」

「……っこの裏切り者が！」

ウィルダーンはルイスを睨《にら》みつけた。だがルイスはどこ吹く風だ。

「裏切り者もなにも、あんたの子飼いになった覚えはないさ。これでも仕える相手は選ぶ性質《たち》でね」

「選んでもらって光栄だ」

ロルフィーはそう言って、ルイスと目をあわせて小さく笑う。

それからウィルダーンを冷ややかに見下ろした。

「ルイスから聞いたあんたの計画を、逆に利用させてもらった。カストルと、この国の実権を取り戻す為に」

ロルフィーの考えはこうだ。

普通に探したところで、カストルは見つからないだろう。居場所までウィルダーンに案内させるより他に方法はないが、ウィルダーンを問いただしたところで大人しく従うわけもない。

だから、ロルフィーは死ぬことにした。

背中に血糊《ちのり》を仕込み、ルイスと打ち合わせて刺されたふりをしたのだ。

ロルフィーが死ねば、次の王が必要になる。

「カストルが次の王に担ぎ出されるのは目に見えていたからな。俺が息絶えた後、あんたは腹心を所領に向かわせた――カストルを迎えに行かせたんだろう？」

その後を、ロルフィーは信頼する部下に尾行させた。

「おそらく今頃カストルの居場所に辿《たど》りついた頃だろうな」

それを聞いて、カティアは体から力が抜けるような気がした。

（カストル……！）

――ロルフィーとルイスが騎士団長達を引き連れて修道院にやって来たのは、ミランダが目を覚ます直前のことだ。

物言いたげな騎士団長達を薄暗い廊下の隅に待たせて、ロルフィーは言った。

『これからウィルダーンがここに来る』

『ロルフィー！　あなたその背中の血……！』

見るからに大怪我だ。焦るカティアに、ロルフィーは『血糊だ』と素早く答えると、話を続けた。

『ウィルダーンがここに来たら、洗いざらい話させろ』

『洗いざらいって……』

『奴が四年前にお前にしたこと、それから俺の父を毒殺したことだ』

ロルフィーはノイから聞いた蛇毒の話と、ウィルダーンがそれを使って前王を暗殺したことを手短に説明してくれた。

その内容に、カティアは愕然《がくぜん》とする。

『そんな、いくらなんでもまさか……』

『証拠はある』

『証拠？』

『だが確実に奴を断罪するには、それだけでは足りない。だからウィルダーンの口から自分の罪を吐かせたい』

それを騎士団長達に聞かせて、ウィルダーンの逃げ道を完全に塞ぎたいということだろう。

『今ならウィルダーンは油断しているし、お前相手ならきっと口を滑らせる』

――そうしてロルフィーは衝立の向こうに騎士団長達を押し込んだ。

ミランダが目を覚まし、ロルフィー達の存在に気づかずにラフォンの話を始めたのはその後だ。

突然、ウィルダーンが笑い出した。

髪を振り乱し、天を仰いで笑い続ける姿は常軌を逸している。

「あははは!!　ひあはははははは!!」

狂気が宿る目を見開いたまま、ウィルダーンはカティアを見た。

「悪女め。まんまとやられたわ」

その視線を、カティアは真正面から受け止めた。

「……その言葉。褒め言葉として頂いておきます」

「……ふ、ふふふ。あはははは‼」

尚も笑い続けるウィルダーンに取り囲む騎士達もたじろぐ。けれど、ロルフィーだけは違った。

「一つ言っておく」

その声は、彼の父親のものによく似ていた。

静かで理性的で、人を従わせる力を持つ声音。

「父上は気付いていたぞ」

ウィルダーンが、ピタリと止まった。

皺《しわ》が寄りまるで糸のように見えるその目を不気味なほどに見開いている。

「……気付いていた？」

「遠国の良薬だと定期的にお前に渡される薬の中に毒がはいっていたことを」

「はは、馬鹿な」

ひきつけを起こしたように、ウィルダーンはまた笑った。

「気付いていた？　それなら何故毒がはいっているとわかっていながら飲み続けた？　気付いてなどいなかったのだ。あの愚かな王は、何も気付かずに死んだのだ」

「いいや、気付いていた。ここに書いてある」

ロルフィーが上着の中から取り出したのは、古びた便箋だった。

後ろにいた騎士団長が、伸びあがるようにしてそれを見る。

「それは、前王陛下の？」

「ああ、遺書だ」

前王が残した短い遺言。『カティア妃を大切に、どうか幸せに』。

何故かロルフィーはこの遺書に違和感を持った。

何もおかしいことはない。それなのに、妙だと思った。

そしてその理由に気が付いたのは、つい先日だ。

ノイから蛇毒の話を聞いて父王が毒殺されたことを悟ったロルフィーは、その足で王宮に戻り、この遺書を棚から引っ張り出した。

その時には確信していた。これは遺書ではない。

「仕掛けがされていたんだ」

「仕掛け？」

首を傾げるカティアに、ロルフィーは便箋を開いて見せてくれた。

「炙《あぶ》り出し。覚えているだろう？」

便箋には黒いインクで『カティア妃を大切に、どうか幸せに』とだけ書いてあった。

その下の空白部分に薄茶色の字が浮かび上がっている。

そこにはウィルダーンに毒を盛られていることや、おそらくこの身体は長くは持たないだろうという前王の見解が記されていた。

『ウィルダーンはおそらくすぐさま私を片付けて、操りやすいロルフィーを即位させたいのだろう。だがそれは、ロルフィーにとっても国にとっても良いことではない』

父親として王として、彼は死ぬわけにはいかなかった。

かと言って毒を飲むのをやめれば、毒に気付いていることをウィルダーンに悟られてしまう。そうなれば、危うい均衡の上で成り立っているウィルダーンとの関係が崩れることは明らかだ。

だから彼は自分で毒の量を調整し、死なないギリギリの量の服毒を続けた。健康が徐々に、そして確実に損なわれていくことは承知の上で、息子と国の為に命を懸けた。

そしてロルフィーが十八歳になった年、遂に力尽きたのだ。

宰相であるウィルダーンが中を検分するだろうことを見越して、遺言にロルフィーだけが気付くであろう炙り出しで真実を書き残して。

カティアは両手で口を覆った。

「お義父様……っ」

「筆跡は父上のもので間違いない。正式な署名もある」

これがロルフィーが言っていた証拠なのだろう。

ロルフィーは手紙を見下ろし、悲しげに目を細めた。

「まさか母上まで貴様に殺されていたとはな。ここには書いてないが……父は母の死で——

——自分の妻が実の父に毒殺されたことに気付いて、自分も毒に冒されていると知ったのだろうな」

「そんな馬鹿な」

ウィルダーンはわなわなと震えていた。

「気付いていただと？　あの頷《うなず》くことしかできない愚かな王が？　気付いていたのに、あえて気付かないふりをしていただと？」

「はっきり言う。操り人形は貴様の方だ」

ロルフィーの言葉に、ウィルダーンはハッと顔を上げた。

「な、何？」

「貴様は父を操っていたつもりだろうが、操っていたのは父の方だ。父は操られているふりをしてお前を操っていた」

「う、嘘《うそ》だ」

ウィルダーンは頭を抱えて蹲《うずくま》る。

「そんなはずはない。私が操られていたなど……操り人形は私の方だったなど……っ」

怪物のように強大に見えていたウィルダーンから、あらゆるものが剝がれ落ちていく。

権力欲、自尊心……。

きっとウィルダーンは、自分が誰より賢く誰より物事を見通せると思っていたのだろう。

だからこそ、目に見えるすべてのものは自分が蹂躙《じゅうりん》する為に存在するのだと、そう思い込んでいた――……その歪《ゆが》んだ価値観が大きな間違いだったと突き付けられ、ウィルダーンは打ちひしがれていた。

結局は彼も、世界を回す歯車の一つに過ぎなかったのだ。

「では陛下。この者は私が責任をもって詮議いたします」

騎士団長は深く頭を下げると、よろめくウィルダーンを連れて部屋から出て行った。

大臣と議長も、次々とロルフィーに頭を下げた。

「陛下。私どもも一足先に王宮へ戻ります」

「し、失礼いたします」

かつて若いことを理由にロルフィーを侮っていた様子は、今や微塵《みじん》も見られなかった。ルイスがロルフィーを選んだように、彼らもまたロルフィーを仕えるべき主君と認めたのだ。

きっとこれから議会が招集され、ウィルダーンの罪状と処分について話し合いが行われる。ウィルダーンが握っていたエドライドの実権も、正式にロルフィーの手に戻されるだろう。

(ああ、よかった……)

大きな安堵《あんど》感に、カティアは息をつく。

生じていた大きな歪みが修正され、あるべきものがあるべきところに戻って行く。

きっとこれからは、すべてがいい方に向かうに違いない。

「カティア」

ロルフィーに呼ばれて、カティアは顔を上げた。

「ロルフ……っん」

唐突に唇を塞がれ、目を見開く。

周囲にいた騎士達が、目を丸くして固まるのが横目に見えた。

(見られてる‼)

急激に高まった羞恥心から腕を突っ張りロルフィーを遠ざけようとするも、がっしりと腕を摑まれ、それが出来ない。

「ちょっ、待っ……。んん」

待ってくれと訴えようとしたのに、ロルフィーの舌が口内に入ってきた。

厚い舌に歯列をなぞられ、カティアはビクリと体を震わせた。

「ん……っぁ、や」

角度を変えられ、また深く口づけられる。

あまりに激しい口づけで満足に呼吸することも出来ず、カティアの頭は朦朧《もうろう》とし始めた。

思考が理性と羞恥心を放棄して、絡めた舌から溶け出した甘い痺《しび》れが、身体から力を奪っていく。

心も体も完全に弛緩《しかん》し、カティアはロルフィーの肩にしがみついた。

あまりにも長く濃厚な口づけに、固まっていた騎士達は顔を赤くして目を逸らす。生温かな空気を追い払うように、ルイスがわざとらしく咳《せき》払いした。

「陛下。消毒はそのへんにしとかないと、独身で恋人がいない若手騎士どもの目の毒ですよ。まだ急ぎで片づけなきゃいけないことが山積みですしねー」

「……ちっ」

小さく舌打ちして、ロルフィーはカティアの唇をようやく解放した。

酸欠で荒い息をするカティアを周囲から隠すように腕に抱き込み、耳元で低く囁《ささや》く。

「離宮で待ってろ。諸々片づけてすぐ迎えに行く。——そしたら、あのクソジジイに触られた場所全て上書きしてやる」

剝き出しの独占欲に、カティアはクスリと微笑んだ。

「ええ、待ってる」

広い背に手を回し抱きしめ返すと、カティアを抱きしめるロルフィーの手にも力が籠る。

「……覚悟しておけ。一度や二度じゃすまないぞ」

「ええ」

真っ赤になりながらも、カティアは素直に頷いた。

十日後。離宮——……。

新しく傍仕えになった侍女と庭で遊ぶアニを眺め、新緑色のドレスを纏《まと》ったカティアは微笑んだ。

結い上げる長さがない亜麻色の髪は、優しい風に揺れている。

以前であれば人目が気になり、必死に短い髪を隠そうとしていたかもしれない。けれど今のカティアは、そうしようとは思わなかった。

短い髪も荒れた手も、苦境を耐えた証だ。貴婦人としては有り得なくても、恥じる必要はない。

ロルフィーがそうであるように、カティアも成長したのだ。オドオドと人の顔色を窺《うかが》ってばかりいた小国の姫は、もういない。

「ここの皆は優しくしてくれるって、あの子喜んでたよ」

カティアの隣で明るく笑ったミランダは、慌てて口を押さえた。

「じゃなかった。アニ様が喜んでおられまし、た？」

慣れない言葉遣いに舌を噛《か》むミランダに、カティアは噴き出した。

「ミランダ。今まで通りでいいのよ」

「そうもいかないよ――っじゃなくて、いきませんです」

最早喜劇である。

ミランダは、先日正式にカティア付きの侍女になった。

ラフォンへの償いも兼ねてそれなりの暮らしを保障させて欲しいと伝えたのだが、本人が『お金なんていらないよ』と固辞し、代わりに侍女になることを望んだのだ。

蛇に咬《か》まれた痕はまだ残っているが身体は既に本調子を取り戻しており、慣れないながらも王妃付き侍女として新しい人生を踏み出している。

「そういえばね、スティーネってお嬢様。私達がいた修道院に幽閉になったそうだよ」

言葉遣いを改めることを、ミランダは早くも諦めたらしい。

「護送中も『お祖父様のせいだ』とか『私は悪くない』とか大騒ぎだったたって。まったく、反省すらしないなんて、ラフォンはあんな女の何が良かったんだろう」

大きく溜息《ためいき》をつくミランダの横顔に、カティアは微笑みかけた。

「あなたのお兄様にしか分からないスティーネのいいところがあったのよ」

「それで殺されちゃ世話ないよ」

ミランダは肩を竦《すく》める。

ちょうどその時、アニが歓声を上げた。

編んでいた花輪に、てんとう虫がとまったのだ。

嬉《うれ》しそうに笑い声をたてるアニを見て、ミランダの頰が幸せそうに緩んだ。

「でも、あんな可愛い子が生まれたんだ。兄さんの恋も無駄じゃなかったってことだよね」

「ええ」

カティアは頷く。

この十日で、エドライドは大きく変わった。

これまで確固たる権力を築いていた宰相ウィルダーンが失脚。彼に追従して不正を行っていた議長以下、多くの者が投獄され、裁判にかけられるのを待っている。

暗い地下牢《ろう》で、ウィルダーンは前王についてブツブツと呟《つぶや》き続けているらしい。自分が操り人形だったと知り、よっぽど矜持《きょうじ》が傷ついたのだろう。

彼の処分はまだ決まっていないが、カティアを陥れたばかりではなく前王と実の娘でもある前王妃をも殺害したのだ。極刑は免れないだろうと噂《うわさ》されている。

ローサも投獄された。修道会から籍を剥奪され修道女ではなくなったが、今も牢の中で一日に五度の祈りは欠かさないらしい。彼女は多額の寄付金をウィルダーンから受け取っており、カティアを監視してはその情報をウィルダーンに逐一届けていたようだ。定期的に寄付を施していたウィルダーンをローサは人格者だと信じ込んでおり、今回の件もカティアがロルフィーを唆してウィルダーンを罠《わな》にはめたのだと牢の中で喚いていると聞く。

「カティア！」

振り向いたカティアは、そこにロルフィーを見つけて目を輝かせた。

「ロルフィー！」

彼と会うのも十日ぶりだ。

駆け寄って見上げた彼は、少し疲れているようだった。

「大丈夫？　ちゃんと眠れている？」

一連の騒ぎで民衆の間に広がった不安は、失脚したウィルダーン一族による内乱が起きるのではというデマまで生み出し、エドライドは混乱した。

その混乱の収拾に、彼はきっと苦労しているのだろう。

カティアの額に軽くキスしてから、ロルフィーは笑った。

「正直に言えばあまり眠れてないな。だけどお前の顔を見たら眠気も疲れも吹き飛んだよ。それより」

ロルフィーはミランダを見た。

「ミランダ。カティアを連れていく。しばらくアニを頼めるか？」

「うん、わかっ……かしこまりました。お任せください」

頭を下げるミランダに後を任せ、ロルフィーはカティアの手を引いて歩き出す。

「ロルフィー？　どうしたの？」

「カストルが見つかったぞ」

カティアは息を呑んだ。

「え？」

「思っていた通り、ウィルダーンの所領にいた。屋敷の奥深くで、ほとんど外に出ることなく育てられていたらしい。もうこの離宮に来ている。俺も会うのは初めてだ」

ロルフィーは興奮を抑えられない様子だ。

紫の瞳が、歓喜に輝いている。

けれどカティアは全身に石の重りをつけられたような気分だった。

（カストル……）

あんなに会いたかったのに、いざ会うとなると足がなかなか動かない。

「ここだ」

衛兵が立つ部屋の前で、ロルフィーは立ち止まった。

ドクドクと鳴る心臓を、カティアは両手で押さえる。

（この扉の向こうに、カストルがいる）

逃げ出したいほどの緊張。

耳鳴りすら聞こえる。

「開けるぞ」

ロルフィーが取っ手を掴み、押し回した。

小さく軋《きし》みながら扉が開く。

赤い絨毯《じゅうたん》が敷かれた明るい部屋。

逆光の中で一人の少年が椅子に座り、本を広げていた。

「カティア」

「……」

促され、中に足を踏み入れる。

カティアとロルフィーに気付いた少年は、本から顔を上げた。

質素ではあったが、清潔な身なりをしている。

綺麗《きれい》な紫の瞳。黒い髪には艶があり、頬も子供らしく丸い。

その健康そうな姿に、カティアは心の中で神に感謝を捧《ささ》げた。

「……カストル」

呼びかけると、その子は小さく首を傾げた。

「僕のこと？」

紫の目が、不思議そうに揺れる。

（ああ、そうか）

カストルと呼び続けていたのはカティアの方だけで、彼は実際にそう呼ばれたことは一度もないのだ。

カティアはカストルに歩み寄ると、両膝をついた。

「何て……あなたを育ててくれた人は、あなたを何て呼んでいたの？」

「坊や」

真っ直ぐにカティアを見つめながら、カストルは答えた。

「ばあやは、そう呼んだよ」

ばあや、と呼ばれたその女性がカストルを育ててくれたのだ。

ウィルダーンの配下にあっても、きっと優しい人だったのだろう。カストルの様子を見れば、彼女が大切にカストルを育ててくれたことが手に取るようにわかった。

「目が不自由な高齢の女性だったようだ」

ロルフィーが、耳打ちする。

「色が判別できなかったらしい。だからウィルダーンはカストルの世話を任せていたんだろうな」

「その方は？」

カティアが訊《き》き返すと、ロルフィーは神妙な顔をした。

「半月前に風邪をこじらせて亡くなった。それ以来カストルはずっと部屋で一人で過ごしていたらしい。他の召使いは直接カストルに会うことを禁じられていたそうだ。食事は別室に用意されて、誰もいない時に食べるという決まりまであったようだ」

「そんな……」

絶句するカティアの腕を、カストルが引く。

「坊やって、それが名前だと思ってたけど違うの？　カストルっていうのが、僕の本当の名前？」

そうよ、と答えるつもりだったのに、咽のあたりに熱くて重いものがつっかえてカティアはまともに発声することも出来なかった。

溢《あふ》れる涙が邪魔で、カストルの顔がぼやけてしまう。

「どうしたの？　どこか痛いの？」

「いいえ……違うの。違うの」

顔を覆って、カティアは声を震わせた。

「ごめんね、カストル。ずっと迎えに行けなくてごめんね。つらい思いをさせてごめんね……っ！」

会いたかった。心配だった。あなたを想わない日はなかった。

言いたいことはたくさんあるのに何一つ言葉にならず、謝ることしかできない。

ようやく彼に会えたことが嬉しくて、そして同時に失われた四年が口惜しくて堪らない。

この子が立ち上がる瞬間をこの目で見たかった。初めて話した言葉を聞きたかった。

「カティア」

それまで様子を見守っていたロルフィーが、片膝をついてカティアの背を撫《な》でた。

「ほら、カストルが困ってるぞ」

「ごめんなさ……っ」

「……」

カストルはロルフィーを見上げ、目を瞬かせる。

「……僕と同じ色の目だね」

「そうだよ。親子だからね」

ロルフィーが頷くと、カストルは表情を強張らせた。

それからカティアを見て、もう一度ロルフィーを見て、またカティアを見る。

「……僕の、お母さんと……お父さん？」

「そうよ」

「うん」

カティアとロルフィーは、それぞれに肯定する。

「……」

カストルは戸惑っているようだった。

「お母さん……」

「何？」

「お父さん」

「うん？」

地平線に輝く太陽のように、カストルの瞳が光り輝く。

満面の笑顔で、彼はカティアに抱きついた。

「お母さん!!」

この瞬間を何度夢に見ただろう。

カストルの小さな体を抱きしめて、カティアは泣いた。


カストルは、すぐにアニと打ち解けた。

「アニがお姉さんでいい？」

「じゃあ、僕が弟だね！」

外を走り回るのが大好きで物怖じしないアニと、片やこれまで本だけを相手に過ごし、今も外遊びよりも部屋の中で積み木を積んでいる方が落ち着くらしいカストル。

正反対とも言える性格と趣向であるせいか二人は些細《ささい》なことですぐ喧嘩《けんか》をするものの、いつの間にか仲直りして笑い合っている。その姿はまるで双子のようだった。

お互いに年が近い子供と会うのは初めてということもあるのだろう。二人でいることがとにかく楽しくて嬉しくて堪らないようだ。

そんな穏やかな日々がまた十日ほど過ぎたある日の夕方。

「あ！　お父さん!!」

前触れなく離宮を訪れたロルフィーに気付き、カストルはそれまで遊んでいた積み木を放り出してロルフィーに飛びついた。

同じ色の髪と瞳。

顔立ちも似ている二人は、誰が見ても父子にしか見えない。

「少し重くなったんじゃないのか？　カストル」

「いっぱいご飯食べたから!!」

「そうか、いい子だ」

ロルフィーは髪をかき混ぜるようにして、カストルの頭を撫でた。

カストルと一緒に積み木をしていたアニは、暖炉の前に座り込んだままだ。

羨ましそうにカストルとロルフィーを見てはいるが、立ち上がってロルフィーに駆け寄ろうとはしない。

その視線に気付いたロルフィーが、アニを手招きした。

「アニ？　おいで」

「……」

困ったように俯《うつむ》くアニに、傍に座っていたカティアは胸を痛めた。

――離宮に来る前に、アニには全て話している。

カティアが王妃だったこと。ロルフィーが国王であること。アニは二人の子供ではないことも話したたし、アニの実の父親である楽士が無実の罪で処刑されたことも話した。

隠しとおせることではないし、他の誰かに歪曲《わいきょく》した説明をされるよりはその前に真実を知るべきだと思ったのだ。

幼いアニに全てを理解することは難しかっただろう。

だがアニは真剣な表情で耳を傾けてくれた。そして話が終った後、『母さまはアニと一緒？』と不安げに言った。

彼女にとってはカティアが傍にいてくれるかどうかが何よりも一番重要だったのかもしれない。

勿論《もちろん》だと答えたカティアに、アニは安堵《あんど》したようだった。

けれど、その日から彼女はロルフィーに対してよそよそしくなった。

実際に命令したのはウィルダーンだったとはいえ、実の父親がロルフィーの名において処刑されたことがやはりショックだったのかもしれないとロルフィーは落ち込んでいたが、カティアはそうではないことに気付いていた。

アニは戸惑っているのだ。

自分には他に父親がいると聞かされ、そこへロルフィーの実子であるカストルが現れた。幼いなりにカストルへの気後れもあり、今までのようにロルフィーに甘えていいのか分からないのだ。

そんなアニがカティアはいじらしくて、そして愛おしかった。

「アニ？」

ロルフィーの呼びかけに、アニはやはり応えない。

この様子にロルフィーは悲しげに目を細めたが、カティアは逆に優しく微笑んだ。

「アニ。お父様が呼んでらっしゃるわよ？」

アニが、驚いたように目を見開きカティアを振り返る。

「……いいの？」

戸惑いがちに尋ねたアニに、カティアは頷く代わりに笑みを深めた。

気後れする必要などない。誰に何と言われようと、アニはカティアとロルフィーの愛しい娘だ。

アニは顔を輝かせる。

「――っ父さま!!」

走り出した勢いそのままに飛びついたアニを、ロルフィーは軽々と頭上に抱き上げた。

「いい子だ、アニ！」

「ずるい!!　僕も！　僕も！」

子供達の笑い声が、部屋の中に響き渡る。

それは泣きたくなるほどに幸せで、温かい時間だった。

終章　エドライドの悪女

遊び疲れて眠り込んだ子供達を、ロルフィーが寝台に運んで寝かせた。

上掛けをかぶせて、その天使のような寝顔にカティアとロルフィーは目をあわせて微笑みあう。

「良く寝てるな」

「あなたに会えて嬉《うれ》しかったのよ」

二人は足音を立てないようにその場を離れ、子供部屋の扉を閉じた。

「アニを養女にする手続きが済んだ。これでアニは名実共にエドライドの第一王女だ」

「本当に？」

カティアはホッと胸を撫《な》で下ろした。

アニがウィルダーン一族の血縁者であることは公には伏せている。

アニ自身にも、スティーネが実の母親であるということは遂に話せなかった。生まれたばかりのアニを平気で手放し、その後も何の関心も示さなかったような母親だ。実の母親に愛されなかったとアニが傷つくようなことにはしたくなかったし、今や重罪人であるウィルダーンの血筋であることでアニに累が及ぶことは絶対に避けなければならなかった。

　けれどそうなるとアニは身元不明の棄児ということになる。王族の、しかも国王直系の養女に迎えるとなると、貴族達から反対の声が上がるのは火を見るより明らかだった。

「大変だったのではない？」

「否定はしないが、娘の為だから仕方ないな。後はお前の復位だが……すまない。もう少し時間がかかりそうだ」

　これは予想していた。

　今までウィルダーンのもとで利権を貪ってきた者達を中心に、ロルフィーに対する反発が起きるだろうことは必至だったからだ。

　彼らは『悪女が国王を唆して宰相を追放した』とカティアを悪しざまに言っているのだろう。カストルのことも、本当にカティアが産んだかどうかは疑わしいと騒ぐかもしれない。

　ただただ自分達の都合がいいように物事を進めたい身勝手な者達の身勝手な言い分にロルフィーが神経を消耗しているのかと思うと、カティアは夫が気の毒でならなかった。

「ロルフィー。私は王妃に戻れなくても……」

　それは王妃としての重責や義務から逃れたいというわけではなく、ロルフィーの負担を少しでも減らしたいと思っての言葉だった。

　もともと小国出身の姫だとカティアを侮る者がエドライド宮廷には多かった。カティアを復位させるためにロルフィーが無理をする必要があるとも思えない。

「私は子供達さえ守れたのなら、それで」

そこまで言ったところで、ロルフィーの人差し指がカティアの唇に添えられた。

「お前はあるべきものをあるべき場所に戻す力さえ、俺にはないと思うのか？」

「そ、そう言うわけじゃ……私はただ」

「俺を信じると言ったはずだぞ？」

それを言われては、カティアには最早反論する余地はない。

「いいから、黙って見ていろ」

「ええ」

素直に頷《うなず》いたカティアに、ロルフィーは口角を上げた。

そしてカティアの顎を指先で持ち上げ、唇を寄せる。

触れた唇が熱い。

繋《つな》いだ手が熱い。

その熱さに、カティアの心は既に解きほぐされていた。

一息に横抱きにされ、そのまま寝室に連れて行かれる。

そしてそのまま寝台に横たえられた。

離宮に来て半月余り。ずっと一人で横になっていた寝台は、二人分の重さに小さく軋《きし》んだ。

カティアのドレスの釦《ボタン》をはずしながら、ロルフィーは囁《ささや》いた。

「覚悟は出来ているか？」

ウィルダーンの罪が明らかになり、大勢の騎士達の前で濃厚なキスをした日。

〝一度や二度ではすまない〟とロルフィーは言った。それがどういう意味か、勿論《もちろん》カティアは分かっている。

頬を染めながら、カティアは小さく頷いた。

ロルフィーは満足そうに笑うと、カティアの白い首筋に顔を伏せる。

そこを舐《な》め上げられ、カティアは目を閉じて震えた。

「ん……っ」

「あのジジイに触られたのはここと……」

「や……いや」

あんなおぞましい記憶、思い出したくない。

けれどロルフィーは真剣な顔だ。

「いいや。どうあっても上書きする」

ドレスが体から引き抜かれ、コルセットとドロワーズだけの姿になる。

「ここだな」

ウィルダーンの指がなぞった腰の線を、ロルフィーの舌が這《は》う。

「や……」

「それから……」

ここと、それからこっちと、ロルフィーは驚くほど正確にあの日の記憶をなぞった。

ウィルダーンの指の痕がまだそこに残っているかのように、それを払拭したいと躍起になっているのがわかる。

途中までは蘇《よみがえ》った嫌な記憶に涙ぐんでいたカティアだが、やがてその涙の意味が徐々に変わっていく。

「あ、ああ……っ」

柔らかな舌の愛撫《あいぶ》に、カティアは身悶《みもだ》えた。

敷布を握り締め、快感に必死に耐える。

「ロ、ロルフィー……っ」

懇願を言葉にするのが恥ずかしいと、そう思うほどには理性もまだ働いている。

上気するカティアの顔を見て、ロルフィーは優しく目を細める。

「カティア」

寄り添うように体を横たえたロルフィーは、カティアの耳朶《みみたぶ》を甘噛《あまが》みしながら絹のドロワーズの中に手を入れてきた。

「あ……ぁ」

耳孔がロルフィーの舌に犯される。同時に、秘所の小さな突起を指先で潰された。

そうされるとダメなのだ。

理性が完全に飛んで、カティアはただの雌になってしまう。

ロルフィーは四年たった今も、それを忘れていなかったのだ。

「はっ……っんんっあ」

「カティア」

切なく呼ばれて、心が揺れた。

「言え。ここに触れたのは、俺だけだな？」

そう言って、ロルフィーは既にぐっしょりと濡《ぬ》れたカティアの隘路《あいろ》に指を進めた。

「はっ……ぁそう、よ。あなた、だけ」

喘《あえ》ぎながら、カティアは必死に答える。

「ここは？」

ロルフィーが今度は鎖骨を舐め、そして吸った。

赤い痕が、まるで鮮やかな花弁のようだ。

「あなただけ、よ」

だらしなく開いた太腿《ふともも》の間から、グチュグチュと淫らな音がする。

そこはもう熱く溶けていて、ねだるようにロルフィーの指を締め付けた。

「あ、ぁあん」

「カティア」

ロルフィーがコルセットを剝ぎとると、カティアの細い腰には不釣り合いな豊かで白い胸が揺れた。

　下から掬《すく》うようにしてその膨らみを掴《つか》んだロルフィーの指が、柔らかな弾力に沈む。やわやわと焦らすように揉《も》みながら、ロルフィーは淡い色の尖端《せんたん》を口に含む。

「んんっ」

　思わずカティアが仰け反ると、ロルフィーは下肢を弄っていた手で、もう一方の胸の蕾《つぼみ》を押し潰す。

　二つの膨らみはロルフィーの口と手で卑猥《ひわい》に形を変え、甘い快感にカティアは陶酔して息を漏らした。

「はあ、ぁぁ」

「カティア。ここは？」

　硬くなった先端を尖らせた舌の先でつつきながら、それをカティアに見せつけるようにしてロルフィーが尋ねる。

「そ、れは」

　無論、ロルフィー以外の男に胸を吸われるなどあるはずがない。

　ない、と答えようとしたカティアは、けれど躊躇《ちゅうちょ》するように唇を震わせた。

「あるのか⁉」

　途端にロルフィーの目の色が変わる。

「きゃ⁉」

カティアの耳の横に勢いよく両手をつき、ロルフィーは凄む。

「答えろ！　カティア！」

余裕のないその様子にカティアは噴き出してしまった。

コロコロと笑うカティアに、ロルフィーは不満げに口を尖らせる。

「おい」

「アニよ」

「――え？」

ロルフィーの険しい表情が、一瞬にしてポカンと緩む。

それから彼はどこか気まずそうに目を逸らした。その頬が、少しだけ色づいている。

「そ、そうか。そうだな」

「あなただけよ」

カティアは腕を伸ばし、ロルフィーを引き寄せた。

昔よりも、少し重く感じる。

柔らかな上着越しに感じる逞《たくま》しさも、昔より厚くなったような気がした。

けれど指先で触れた黒髪は、少し硬くて昔のままの感触だ。

「今も昔も、私が愛しているのはあなただけ。私が体を許すのは、あなただけよ」

騙《だま》して、離れた。

真実を隠していた四年間。

それでも想いは変わらなかった。

「……っカティア」

ロルフィーが堪らないと言うように、カティアの唇を奪う。

「ん……っん」

「は……ぁっ」

飲み込まれるような激しい口づけに、舌を絡めることでカティアも応える。

呼吸が乱れ、苦しい。

けれど離れるのはもっと苦しい。

そうしなければ死んでしまうかのように、二人は互いの唇を求め続けた。

「俺も、お前だけだ」

口づけの合間にロルフィーが囁く。

「お前を忘れたくて、他の女を抱こうとした。でも結局できなかった」

国王は昼夜問わず閨《ねや》に女を引き入れている――人々の噂にはそんな真相があったのだ。

（よかった……）

彼が誰かと夜を共にしたと聞いて、何も思わなかったわけではない。文句を言える立場でも、嫉妬するような資格もないが、心の底で嫉妬を燻《くすぶ》らせていた。

ロルフィーと再会し、彼の変わらない気持ちを確かめた後も、そのことについては訊《き》いてはいけないと自分に禁じてきた。

でも、そんなふうに悩む必要はなかったのだ。

それが嬉しくて嬉しくて、カティアはロルフィーの背中に回した手に力を込めた。

「ロルフィー……っ」

後ろ手にシャツを脱いだロルフィーが、焦るようにして脚衣を緩める。

彼の欲望は硬く反り返り、今にもはちきれそうだ。

それを視界の隅に認め、カティアの奥がキュンと疼《うず》く。

「は、やく」

カティアは濡れた唇で懇願した。

「早く……っ挿れ、てぇ」

「——……この、悪女」

引き攣《つ》るように口角を上げたロルフィーは、カティアの両膝を押し開く。そして脚衣を完全に脱ぐ間も惜しみ、カティアの濡れた泥濘《でいねい》に熱杭を突き立てた。

「く……っ」

「あっ、あ……っぁア、あ!!」

カティアは目を見開く。

頭が真っ白になって、腰が勝手にビクビクと跳ねた。

挿入されただけで達した忘我の境地に呆然《ぼうぜん》としたが、それはロルフィーも同じだったらしい。彼もまた、早くもカティアの奥で果てていた。

乱れた息で肩を上下させながら、彼は苦笑いする。

「まぁ、いい。これで少しは余裕が持てる」

「ぁ……ロル、フィー……」

まだ足りない。

彼の熱をもっと強く感じたい。

そんなカティアの飢えを、ロルフィーは理解してくれているようだった。

「心配するな」

カティアの中からズルリと引きだされたロルフィーの強直は、果てたばかりだというのにまだ十分な硬度を保っていた。

「一度や二度ではすまないと、言っただろう?」

ギリギリまで引き抜かれたそれを、ロルフィーはまたカティアの奥へと叩《たた》きつける。

「ひ、ぁアっ」

絶頂の余韻がおさまりきっていなかったところへの挿入に、カティアは悲鳴をあげた。

「待……ッロルフィーっ、まだ、い、イって……っ」

だがロルフィーは腰を打ち付けるのをやめてくれない。

「覚悟しておけと、っ言っただろう?」

「や、あっあア……っ‼　ああっ！」

余裕が持てると言ったくせに、苦しげに眉根を寄せる彼の表情からは少しもそれが感じられなかった。

汗が滲《にじ》んだこめかみに黒い髪が張り付いて、紫の瞳が情欲に揺れる。

理性も知性も放棄してただただカティアを求める姿は、愚直でそして滑稽で、どこか獣じみていた。

彼をそんなふうにしてしまうのが自分だというなら、ロルフィーの言うとおり、間違いなく自分は悪女なのだろうとカティアは思う。

「何を、考えている？」

意地悪く言うと、ロルフィーは律動で大きく揺れるカティアの乳房の尖端を、指で摘まんだ。

軽い痛みを伴う愛撫は、また新しい喜悦を生み出した。

「アア……っ！」

「こんな時に考え事をするなんて余裕だな」

「はっ……！　あぁ、違う、の」

余裕などない。

カティアだって、ロルフィーと同じだ。

ただただ愚かにロルフィーを求めて、離すまいと彼の腰に足を回す自分の姿は、王妃どころか貴婦人としても有り得ないだろう。

けれど彼の熱に揺さぶられて、カティアは乱れずにはいられない。

カティアをそうさせてしまうロルフィーもまた、きっと悪人なのだ。

ふと思い出したように、ロルフィーが動きを止めた。

「ああ、そうだ」

「……え？」

「あれ、悪くなかったな」

「あれって……？」

何のことかとカティアがぼんやりと思ううちに、彼はカティアの中から自らを引き出すと、寝台から降りてしまった。

「ロルフィー？」

「おいで」

呼ばれるままに、カティアは気だるい体を引きずるようにして体を起こす。

裸足のまま床に足をつき、差し出された手に手を重ねると、その手を天蓋を支える支柱へと導かれた。

「ロルフィー？」

「摑《つか》まっていろ」

そう言うと、ロルフィーは背後からカティアの腰を抱え込む。

彼が何を考えているか察して、カティアは顔を赤らめた。

「ロ、ロルフィー！」

「修道院の物置小屋であんな淫らな行為をしたのは、俺達が最初で最後だろうな」

そう笑いながら、彼は後ろからカティアの中に自らを埋めていく。

「んん……っ」

足を強張らせながらも、カティアの奥は待ちかねたかのように緩くうねった。

「あの時、大した愛撫もしなかったのにお前の中はドロドロだった」

「あ、やだ……っぁん」

恥ずかしさと愉悦で、カティアは喘《あえ》ぐ。

「言わないで、そんな……」

「四年ぶりだなんて思えないほどだったな」

ロルフィーは言葉とゆっくりな抽挿でカティアを辱めた。

内腿を、生温かな液体が流れ落ちていく。

それすらもカティアの肌は快感として拾い上げる。

「あ、ああ……っ」

「会えなかった四年、俺は毎晩夢の中でお前を抱いてた」

低く囁きながら、ロルフィーは抽挿を速めていく。

「泣いて嫌がるお前を無理矢理抱く夢も見たな。こんなふうに、寝台の支柱に縛り付けて立ったまま犯す夢も見た——最後には、いつもお前は俺に背を向けた」

「あ、ロ、ロルフィー……っん」

「目が覚めた時の虚しさが、お前にわかるか？」

肌が重なるそこで、グチュグチュと液体が泡だった。

もどかしさでカティアが腰をしならせると、後ろから伸びてきたロルフィーの手が弾むように揺れる胸を鷲掴《わしづか》む。

「ああ、ロルフィー……っ」

「お前はどうだった？」

耳元で聞こえたロルフィーの声はひどく切なげで、カティアの胸も切なく軋んだ。

「……会い、たかった」

震える細い声で、カティアは答えた。

「ずっと会いたかった……私も毎晩、あなたに抱かれる夢を見て……」

実際に肌を重ねて、思い知らされる。

どんなに彼のことを想っているか。

この四年、よく離れていられたものだと不思議なくらいだ。

肩ごしにロルフィーを振り返り、その紫の瞳を見つめてカティアは微笑んだ。

「ずっと……あなたに抱かれたかった」

「……っカティア!!」

最奥を、強く穿《うが》たれた。

あまりにも鮮烈な快感に意識が飛びそうになる。

ロルフィーの欲望はカティアを猛然と責め立てて、カティアは必死に支柱にしがみついた。

「あ、ああ……!!　んっ、ロ、ロルフィー！」

「カティア!!」

「っ……っし、てぇ」

身を捩《よじ》らせ、ロルフィーを見た。

「キス、してぇ」

ロルフィーは頷く代わりに、後ろからカティアの片足を素早く持ち上げた。

結合部が顕わになる体勢だが、僅かながら唇が寄せやすくなる。

二人は互いの口内を夢中で舌で弄った。

「は……っふ、んん」

「っん、は……っ」

肌がぶつかる音と粘着質な水音が響く。

夢のような陶酔に、カティアは朦朧《もうろう》としていた。

(気持ち、いい)

もう、それしか考えられない。

奥を穿つ彼の灼熱《しゃくねつ》も、カティアの足を広げ持つ大きな手も、背中に感じる逞しい胸板も、溶けるような口づけも、何もかもが気持ちいい。

激しい律動が、物足りないくらいだ。

「はなさ、らいでえ……っ」

深い口づけと打ち付けられる快楽のせいで、もはや呂律が回らない。

それでも、カティアは必死に訴えた。

「おねが……っはなさない、で」

幸せが、怖い。

目が覚めたら、また修道院の小部屋にいるのではないか。

一人でロルフィーの腕を夢に見て、虚しさに涙を流すのではないか。

この幸せを、もう失いたくない。

「離さない……っ」

ロルフィーは強い口調で言った。

「もう、二度とお前を離さない！」

「あ、ああ……っ‼　あっあああ‼」

涙が溢《あふ》れる。

身体が震える。

爆ぜた歓喜に、カティアは高く声を上げた。

覚悟しろ、と宣言したとおりロルフィーの欲求は際限がなかった。はじめこそ喜んで受け入れていたカティアもやがて疲れ果てて『もう無理』と枯れた声で許しを求めた。どうやら覚悟が足りなかったらしい。

だが、ロルフィーはそれに頷いてくれはしなかった。

「四年分だぞ。これくらいで足りると思うか？」

「ま、毎晩夢で抱いてたって言ったじゃない」

「所詮夢だ。現実のお前には程遠い」

「もうダメ。本当に、もう許して」

カティアは白旗を揚げて上掛けの中に潜り込んだのだが、ロルフィーはそれでは諦めず、上掛けの中に潜り込んできて、今度は指と舌でカティアの秘所を愛撫し始めた。

「や、だぁ、もう……っァ、だめ」

「嘘《うそ》を言え。ここは足りないって言ってるぞ」

「い、言ってな……ぁ、んっ、いやぁ、ん」

「ほら、欲しいと言え」

舌で肉芽をしゃぶられ膣壁を指で擦られては、高ぶらずにはいられない。

いっそ気を失ってしまいたいと何度も思ったが、それは叶《かな》わず、散々弄ばれて疲れ果てた頃に、とどめとばかりに耳朶を舐められてカティアはとうとう陥落した。

「ほ……ほし、い。ちょうだ、い」

朦朧としながら言うと、ロルフィーはカティアの膝を肩に担ぎながら満足げに笑った。

悪人も真っ青になるだろう、その顔。

間違いない。彼は極悪人だ。

指一本動かすことも出来なくなったカティアが、ようやく眠ることを許されたのは明け方だ。

心地良い眠りに包まれ始めたカティアは、すぐにロルフィーに揺り起こされた。

「ロルフィー……もういい加減にして……」

「そうじゃない。いいから、ちょっと起きてくれ」

「……」

少し苛立っていたカティアは、顔を枕に埋めた。

するとロルフィーは強引にカティアを引き起こし、その身体にシーツを巻きつけて抱き上げる。

「きゃあ!?」

ロルフィーは器用に硝子扉を開け、露台に出る。

そして、そこに広がる景色。

「あ……」

カティアは言葉を失った。

王都のような街並みの代わりに、そこには草原が広がっていた。

その向こうに見える遠い地平線。

朝日を待つ空は澄み渡るように青く、けれど雲にはまだ薄く夜が蹲《うずくま》っている。

その夜色の雲が、地平線が白んでいくのに伴い徐々に薄い紫へと色を変えていった。

カティアの琥珀《こはく》色の瞳から、真珠のような涙がポトリと零れる。

初めてロルフィーと迎えた朝に見た光景と同じだ。

光を反射して白く波打っていた海にまで空の紫は溶け出し、見る間に広がっていく。

視界いっぱいに広がるその美しい紫の世界は、まるでロルフィーの瞳の中に迷い込んだかのような錯覚をカティアに与えた。

「幸せにする」

あの日と同じ言葉を、ロルフィーは口にした。

「今度こそ、幸せにする」

そう言って微笑むロルフィーに、カティアも涙を飲み込んで微笑み返す。

「じゃあ、とりあえず寝室は別にしましょう」

「……何？」

「だって、こんな夜が毎晩続いたのでは私は死んでしまうわ」

物事には節度と限度が必要だ。

すました顔で言うカティアに、ロルフィーは顔を顰《しか》めた。

「いや……確かに少し調子に乗っていたかもしれないが」

「少し？」

「……わかった。謝る。俺が悪かった」

「じゃあ、寝室は別ね」

「待て。それについては落ち着いて話し合おう」

真剣に焦るロルフィーに、カティアはクスクスと笑いながら、彼の肩に頭を預ける。

「もういいのよ、ロルフィー」

「え？」

「もう十分幸せだもの」

「……カティア」

〝幸せにする〟――その言葉が嬉しくないわけではないけれど、けれどもういいのだ。

（もう、十分幸せだもの）

これ以上など望まない。

だからこの先は、互いの心を見失わないように手をしっかり繋いで生きていけばいい。

髪を撫でてくれる夫の優しい手を感じながら、カティアは目を閉じる。

海の向こうからは、黄金に輝く朝日が昇り始めた。


その後、何もかもが順風満帆というわけではなかった。

ロルフィーが言ったとおりカティアの復位には時間がかかり、そしてカティアを『悪女』と呼ぶ声もすぐにはなくならなかったのだ。

けれどカティアが気にしたのは、自らの名誉よりもアニのことだった。

アニはロルフィーから王女の称号を受けはしたものの、王族の血を引かないことで心無い者達から酷い言葉を浴びせられることが多々あったのだ。

だがその度に、アニの影響かそれとも彼本来の性分が開花したのか、随分とやんちゃ……いや、逞しくなったカストルがアニを慰め、時に仕返しに尽力した。

余談ではあるが、後に美しく成長したアニの、その潑剌《はつらつ》とした魅力に魅入られたとある国の貴族が結婚を申し込んできたのだが、ロルフィーは『まだ早い!!』と恫喝《どうかつ》したそうだ。この話はエドライド王室にまつわる笑い話として巷《ちまた》に後々にまで語り継がれた。

カティアが王妃として復位したのは、その短かった髪がまた腰に届くまで伸びた頃だ。

王宮の露台に姿を見せたカティアの姿に、集まった民衆は熱狂した。

実はカティアの数奇な半生は王都の劇場で歌劇化されて大好評を博し、その影響でカティアへの評価はそれまでと正反対のものに変化していたのだ。

再び余談ではあるが、この歌劇の脚本を書いた作家は酒場で一人の騎士から世間を騒がした宰相ウィルダーンの失脚劇の真実を聞き、それを頼りに脚本を書き上げたらしい。

その騎士がルイスであったかどうかは確認のしようがないが、劇中でルイス役を演じた俳優は随分と男前であったようだ。

苦難を乗り越え再び王妃として人々の前に立ったカティアは、その頭上に輝く宝冠を戴き微笑んだ。その両脇では双子のように仲がいい第一王女と第一王子が、笑いながら民衆に手を振る。

奥から遅れて出てきたロルフィーの腕には生まれたばかりの第二王女が抱かれていて、民衆の歓声はいよいよ高まりを見せる。

その雪崩のような轟音《ごうおん》に驚いた赤ん坊は火がついたように泣き出した。

慌てたロルフィーがカティアに助けを求め、寄り添う二人の姿に多くの乙女達が憧れ、溜息《ためいき》をついたという。

この後、エドライドでは『悪女』とは気高い女性を指す言葉として用いられている。

番外編　王太子夫婦のある夜の話

エドライド王国の王宮。その廊下には、天井まで届く大きな硝子窓から太陽の光がキラキラと降り注ぎ、大理石の床や壁に施された装飾を煌《きら》びやかに彩っていた。

「カティア！」

呼ばれて振り返ったのは、先頃、王太子ロルフィーと婚礼を挙げた王太子妃カティアである。

美しい亜麻色の髪を金の髪飾りで上品に結い上げた彼女は、長い睫毛《まつげ》で縁取られた榛《はしばみ》色の瞳を丸くした。

視察に出かけたはずの夫が、靴音を響かせて駆け寄ってきたからだ。

「ロルフィー？　戻るのは明日のはずじゃ……っきゃ⁉」

まるで小さな子供を〝高い高い〟するように抱き上げられて、カティアは小さく悲鳴をあげる。

美しい妻を見上げ、ロルフィーは眩しそうに笑った。

「カティアが寂しがっているんじゃないかと心配で、早々に切り上げてきた」

「き、切り上げてきたって、そんな」

視察も大切な公務の一つである。それを妻恋しさに切り上げたなど、褒められたことではない。

けれどロルフィーは、悪びれる様子もなかった。

「勿論《もちろん》、学ぶべきことは学んできたさ。年寄りどもと酒を飲んで世辞を言い合う集まりを丁重に遠慮しただけだ――それとも、寂しがっていたのは俺だけか？」

僅かに、ロルフィーの紫の瞳が揺れる。カティアは慌てて首を振った。

「そんなことない！　帰ってきてくれて嬉《うれ》しいわ！」

「そうか！」

ロルフィーは屈託なく笑うとカティアを床に下ろし、今度は腕の中に閉じ込めるようにして抱き締めた。

「ただいま、カティア」

「おかえりなさい。ロルフィー」

若い夫婦の微笑ましい姿に、居合わせた廷臣達はそっと耳打ちし合った。

「仲睦まじくて何よりだ」

「これならお子様にもすぐに恵まれよう」

けれど実は、カティアは密かに溜息《ためいき》をついていた。

（今日はゆっくり眠れると思ったのに……）

心地よい風に眠気を煽《あお》られ、カティアは欠伸を奥歯で噛《か》み殺す。

（ダメよ。欠伸なんてしたら）

王宮の優雅な庭。花とレースで飾られた長机には、高位高官を夫に持つ貴婦人達が顔を揃《そろ》えていた。彼女達と良好な関係を築くのも、未来の王妃であるカティアの大切な役目。今日はお茶会と銘打って、彼女達に集まってもらった。

装いも振る舞いも洗練された貴婦人達に気遅れを感じながら、カティアは必死に微笑んだ。背筋を伸ばし、指先にまで神経をつかい、話題選びや発言に細心の注意を払う。

（ロルフィーの妃として、恥ずかしくないように……）

けれど、瞼《まぶた》が重くてたまらない。寄せては返す眠気のせいで、今にも焼き菓子がのる皿に突っ伏してしまいそうだ。

（ああ。昨夜こそ、たっぷり眠れるはずだったのに）

睡眠不足。これはロルフィーと結婚して以来、カティアが抱えているささやかでありながら深刻な悩みである。

若く健康な夫を持つがゆえの悩みだ。

夜毎ロルフィーに求められ、それに応じた結果、睡眠不足が重なってカティアの目の下にはうっすらとクマまでできていた。

ロルフィーが泊まりで視察に出かけると聞いて、内心『ぐっすり眠れる』と一人の夜を楽しみにしていたのだが、そんなこととは知らぬ夫は予定を繰り上げて早々に帰城。結局昨夜も、カティアはロルフィーに組み敷かれ、夜半過ぎまで眠らせてもらえなかった。

わかってはいるのだ。夫婦だからといって、連日応じる必要はない。

だがロルフィーに抱き締められると、もう否とは言えなくなってしまう。

彼に求められるのが嬉しくて、その紫の眼差しに胸が熱くなる。

(でも、さすがに限界……)

つい、うとうと……としたところへ「妃殿下？」と声をかけられ、カティアは我に返る。

「は、はい⁉」

「顔色がよくありませんわ。ご気分が優れないのでは？」

侯爵夫人はそう言って、心配げに目を細める。

彼女の長い睫毛で縁取られた目元には小さな泣き黒子があった。厚い唇が婀娜《あだ》っぽく、意味ありげな眼差しは艶めいて、成熟した大人の色香が感じられた。

「だ、大丈夫です。昨夜遅くまで本を読んでしまって……少し眠いだけですから」

カティアは平静を装って微笑んだ。夜の夫婦生活のせいで寝不足だなんて、恥ずかしくて言えるはずもない。

侯爵夫人は少し考え込み、優雅に扇を開いた。

「良い方法をお教えしましょう」

「え？」

「いいですか？　まず……」

侯爵夫人は声を落とし、扇で口元を隠してカティアに耳打ちする。

てっきり安眠効果のあるお茶でも教えてくれるのかと聞き入ったカティアは、侯爵夫人の講義内容に目を剝いた。慎ましくあれと育てられてきた身には、あまりに衝撃的だ。

「そ、そんなはしたないこと……っ」

思わず叫び、口を噤《つぐ》む。誰かに聞かれていまいかと、あたりを見回した。

幸い他の夫人達はそれぞれのお喋《しゃべ》りに夢中で、こちらの話は耳に入っていないようだ。

侯爵夫人は妖艶に微笑んだ。

「生真面目にお相手をしていたら、身体がもちませんわよ？　それに、きっとロルフィー殿下はお喜びになりますわ」

「え……」

「見たくはありませんか？　殿下の喜ぶお顔を」

「……っ」

カティアは熱くなった顔を、扇で覆った。

「少しはカティア妃を労《いた》わってやおやり」

寝所に伏せる父王から溜息交じりに諭され、ロルフィーは肩を竦《すく》めて縮こまる。

「……わかってはいるのですが、つい」

カティアを妻に迎えて、ロルフィーは分かりやすく調子に乗っていた。

彼女のしっとりとした、柔らかな肌。滑らかな腰の曲線。ほんのりと赤い唇。

思い浮かべるだけで身体の芯が熱くなるし、目の前に本人がいれば触れずにはいられない。

その結果。遂にカティア付きの侍女から苦情がはいった。『ご寵愛《ちょうあい》があまりに深すぎて、このままではカティア様が体調を崩されてしまいます』と。

そして、父王から叱責をうける羽目になったというわけである。

項垂れるロルフィーに、父王は呆《あき》れ気味だ。

「子供をもうけるのは王太子たる責務。けれど、このままでは懐妊する前にカティア妃が参ってしまう。それはそなたも本意ではないだろう?」

「はい……」

「先日も地方視察を勝手に切り上げて帰って来たとか。王太子として、もう少し自重しなさい」

「はい……」

深々と頭を下げて、ロルフィーは父王の寝所から退出した。

(父上の言う通りだ。カティアが身体を壊しては、元も子もない)

幸せにすると約束した。

その約束を、早々に反故にするわけにはいかない。

(今夜はしない！)

どんなにカティアが美しくても、いい香りがしても、寄り添って眠るだけにしよう。

(せめて今夜だけは！)

固く拳を握ったロルフィーは、けれどすぐに顔を顰《しか》めた。

(自信ないな……)

カティアが隣にいて、自分が何もせずにいられるとは思えなかった。

これは物理的距離を置くしか道はない。

「……というわけで、今日は自分の寝室で休もうと思う」

いつも通りの就寝時間。いつも通り夫婦の寝室を尋ねたロルフィーは、そこで待っていたカティアを前に頭を下げた。

「無理をさせてすまなかった。いくら夫婦だからって限度があるよな」

「あ、あなただけが悪いんじゃないわ。私も、その……」

恥ずかしそうに、カティアが俯《うつむ》く。

「あなたに求められて嬉しかったから……」

その可愛らしいこと。

例えるなら花か。宝石か。いいや、これほど美しい存在が、世界に二つとあるはずがない。

あまりもの愛おしさに、ロルフィーは眩暈《めまい》がして額を押さえた。

（しっかりしろ、俺！）

揺らぎかけた理性を懸命に立て直し、己を叱咤《しった》する。

今すぐにこの場から立ち去ろう。そして冷たい水で顔を洗って、読書でもして、そして眠ってしまおう。それがいい。それしかない。

「じゃ、じゃあ。お休み、カティア」

「あ、待って！」

カティアは焦った様子でロルフィーを呼び止めた。

「あ……あの」

もじもじとする彼女の様子に、ロルフィーは首を傾げる。

「どうした？」

「そ、そこにちょっと座ってくださらない？」

カティアがちらりと見た長椅子を、ロルフィーは振り返る。

「それはかまわないが……」

戸惑いながら長椅子に腰を下ろすと、カティアはその前にちょこんと跪《ひざまず》いた。

彼女はしばらく林檎《りんご》よりも真っ赤な顔で俯いていたが、やがて意を決したように手を伸ばした。——ロルフィーの脚衣に。

「カティア⁉」

「動かないで！」

「ちょ、ちょっと待て！　カティア！」

ロルフィーは仰天して立ち上がろうとしたが、カティアはかまうことなくロルフィーの脚衣の前を寛げた。下穿《ば》きの中に差し入れられた手は震えていて、その細い指先の感触だけで、ロルフィーの肉茎は熱を帯びる。

「カ、カティ……っ」

赤い舌に、ぺろりと先を舐《な》められた。

まるで飴玉《あめだま》を舐めるようなその仕草に、ロルフィーは息を詰める。

「ど……してっ」

ロルフィーと結ばれるまで処女だったカティアは、性的な知識に乏しかった。当然、口淫など知るはずもない。

それがどうして、一体何処でこんな知識を手に入れてきたというのか。しかも実行に移すなんて。

「侯爵夫人が……きっとあなたが喜ぶって教えてくださったの」

そう言いながら、カティアは早くも硬く勃ち上がった肉茎をパクリと口に含む。そうして両の手を添えて、ロルフィーの欲望を上下に動かし始めた
「う……ぁっ！」

ロルフィーは歯を食いしばった。

全神経が、一か所に集中する。

あまりにも心地よくて、あまりにも熱い。

今にも爆ぜそうな自らの欲望を、ロルフィーは必死に抑えた。カティアの口を、汚すわけにはいかない
ふと見れば、カティアの夜着の胸元が広く開いていた。そこから、手の動きにあわせて揺れる大きな乳房と桃色の突起が見える。

「気持《ち》ひ、ひひ《いい》？」

舌足らずに窺《うかが》ってくる、カティアの艶めかしい眼差し。

唾液が滴る赤い唇からは、ジュブジュブと淫らな音が鳴る。

ロルフィーの最愛の妻は、あまりに美しく、そして淫らだった。

（ああ、もう……っ）

堪えられない。

ロルフィーは、忍耐を放棄した。

同時にカティアの口の中に、勢いよく白濁が注がれる。

「ゲほ……ッごほ……っ」

突然の吐精に、カティアは驚いたように咳《せ》き込んだ。

その姿に、ロルフィーは絶頂感に浸る間もなく青ざめる。

「カティア！　す、すまない！」

咄嗟《とっさ》に自らの上着の袖でカティアの唇を拭うと、咳き込んでいたカティアが小さな声で謝った。

「ご、ごめんなさい……」

「え？」

謝るのはこちらの方ではないのか。

ロルフィーが首を傾げると、カティアが呟《つぶや》いた。

「ごめんなさい。全部飲みこめなかった……」

上目遣いにロルフィーを見るカティアの瞳は、蕩《とろ》けるように潤んでいた。

彼女はどこか残念そうで、自らの手についた白濁をも舌先で舐めとる。

「勿体《もったい》ない……」

これに、ロルフィーの理性は見事に一刀両断された。

「カティア」

「ロルフィー？　……え？　ちょっ、今日はしないって、ァあッ」

「すまない」

「や、ダメ。挿れちゃ……あアンッ！」

翌日、王太子妃カティアは予定されていた公務を急遽《きゅうきょ》取り止めた。

急病とのことだったが、真実は果たして……。

あとがき

初めましての方が多いと思います。こんにちは、明七です。

この度は『王妃の大罪　それでも王は禁忌を犯した母子を愛す』を読んで頂きありがとうございました。少しでも楽しんで頂けましたでしょうか？

シークレットベビーものを書こうと思って書き始めた本作ですが、自分で作った設定に首を絞められ、大変な難産を経験するはめになりました。

しかも、書き上がったものはシークレットベビーものと呼んでいいものかどうか……。いつか王道のシークレットベビーものを書こうと志を新たにする次第でございます（汗）

ちなみにですが、作中に出てくる修道院はフランスに実在する修道院をモデルにしました。満潮時に海に囲まれる風景は溜息がでるほど綺麗で、オムレツが名物料理だそうです。死ぬまでに一度食べてみたい食べ物の一つです。

イラストはyuiNa先生に描いて頂きました。

カティアとロルフィーを素敵に描いて頂いて、感無量です。

表紙イラストのラフを拝見させて頂いた時の衝撃たるや。

『ラフとは……?』とラフの定義について考え込んでしまいました。ラフでこれなら、出来上がりはどうなるのか。その美しさに私の心臓は耐えられるのか。


今回、書籍化にあたりまして、色々な方にお世話になったと思います。この場を借りて御礼申し上げます。

また、担当編集様には大変ご迷惑をおかけしました。メールの設定についてのやらかしは、今後の人生の教訓にします（笑）

そして、読者の皆様の応援あっての書籍化です。

本当にありがとうございました。

温かい言葉や励ましに、いつも救われています。

また皆様に楽しんでもらえる作品を書きたいと思いますので、これからも、どうぞよろしくお願いします。

明七

本書は、電子書籍レーベル「ルキア」より発売された電子書籍『王妃の大罪 それでも王は禁忌を犯した母子を愛す』を元に加筆・修正したものです。

★著者・イラストレーターへのファンレターやプレゼントにつきまして★
著者・イラストレーターへのファンレターやプレゼントは、下記の住所にお送りください。いただいたお手紙やプレゼントは、できるだけ早く著作者にお送りしておりますが、状況によって時間が掛かる場合があります。生ものや賞味期限の短い食べ物をご送付いただきますとお届けできない場合がございますので、何卒ご理解ください。
送り先
〒160-0022　東京都新宿区新宿 1-36-2
(株) パブリッシングリンク
ムーンドロップス 編集部
○○（著者・イラストレーターのお名前）様

王妃の大罪
それでも王は禁忌を犯した母子を愛す

２０２３年１２月１８日　初版第一刷発行

著……明七
画……yuiNa
編集……株式会社パブリッシングリンク
ブックデザイン……しおざわりな
（ムシカゴグラフィクス）
本文ＤＴＰ……ＩＤＲ

発行人……後藤明信
発行……株式会社竹書房
〒102-0075　東京都千代田区三番町８－１
三番町東急ビル６Ｆ
email：info@takeshobo.co.jp
http://www.takeshobo.co.jp
印刷・製本……中央精版印刷株式会社